Épuisé

Johann Margulies

Épuisé

Éditions de
L'Observatoire

ISBN : 979-10-329-3458-6
Dépôt légal : 2025, novembre

170 *bis*, boulevard du Montparnasse, 75014 Paris

À ceux qui m'ont sauvé :
à mes parents,
à ma sœur,
à Ahlam,
à Peter Sloterdijk.

Introduction

Vie fragmentée : livre fragmentaire

Dans le métro sur la ligne 2, ce matin-là de novembre 2015, mon esprit semble vouloir se rebeller contre le vacarme de la machinerie, contre tous ces stimuli qui étrangement m'agressent. C'est sur ma respiration que mon esprit trouve finalement refuge. Cela peut m'extraire du réel quinze minutes, peut-être vingt. Cette carcasse semble enfin trouver moyen de se régénérer et ce faisant de me procurer un plaisir, toujours éphémère, que je tente d'agripper de toutes mes forces, conscient que l'énergie viendra inéluctablement à tarir.

Mais pour l'instant, le corps tient. Il vacille, mais il tient. Je fais mon entrée dans les bureaux de la start-up, je baisse les yeux, je longe les murs. Je veux qu'on me fiche la paix. Je veux reprendre mon souffle. Je veux retrouver la quiétude du silence des organes.

C'est quelques mois plus tôt que le chemin de croix a véritablement débuté. Ces réveils difficiles qui me donnent la sensation que je dois pousser le rocher de Sisyphe pour me mettre debout. Ces nuits de moins en moins réparatrices, ces nouvelles douleurs, ces céphalées persistantes, ce manque d'énergie inquiétant. Et cette angoisse insidieuse qui a fait sa place au sein de ma vie, ce désir qui étouffe, incapable qu'il est de se réaliser tant l'énergie manque à la chair qui l'a fait naître.

Je me suis décidé à entamer un long travail de documentation de ma condition pour répondre à la dégoulinade générale du sens. Carnets, notes sur ordinateur, feuilles volantes, j'ai commencé à me répandre sur de multiples supports. C'était ma seule façon, philosophique et autobiographique, de répondre à l'absurde qui envahissait ma vie.

Je suis malade depuis plus de sept ans, d'un mal sournois, une maladie neuro-immunitaire post-virale invalidante qui a bouleversé toute ma vie. Encéphalomyélite myalgique (EM), ce nom est à jamais gravé dans ma chair.

Parler de la maladie quand on est soi-même souffrant, c'est se placer au point incandescent de l'impossibilité du partage. Je suis malade et je ne peux pas parler de ma maladie. Mais je ne peux pas non plus ne pas en parler. Me voici donc, devant le lecteur, au milieu de cette aporie, à tenter de la passer, de l'*endurer*, comme disait Jacques Derrida.

La maladie est par excellence l'expérience ontologique par laquelle le monde du sujet est suspendu, comme ramené à sa plus nue existence. Elle me contraint à la sécession ontologique. Les malades de longue durée sont à la marge dans les limbes sociales, suspendus dans un entre-deux généralisé. Le lieu de l'existence du malade est un *no man's land*.

Doleo ergo sum, « je suis malade, donc je suis ». Cette souffrance est mienne, non au sens d'une propriété, mais d'une ipséité charnelle. Se taire n'est pas une option, car quand tout est détruit, même le sens, il reste toujours les mots, et par eux l'espoir d'instituer un sens nouveau. Et ce sens est d'emblée politique. Car si je souffre d'une maladie sans traitement, c'est parce que nous, les patients, payons le prix d'une incurie politique confinant au scandale sanitaire.

C'est cette convergence de *bios*, *pathos* et *logos* que j'ai voulu explorer dans ces fragments sur la vie réduite. « Je dus reconnaître que je n'étais pas capable de former un récit avec ces événements », nous dit Maurice Blanchot. L'heure est à l'écriture fragmentaire, la seule qui puisse épouser les contours de la vie réduite.

PARTIE I

Une apocalypse (2015-2018)

#1 La débâcle I

Fatigue : 6,5/10
Douleur : 6/10
Atteinte cognitive : 6/10
État d'esprit : Angoisse

Héloïse, la secrétaire de direction, jeune trentenaire, me regarde d'un air irrévérencieux comme si elle savait que je ne travaille pas et que je m'adonne, moi, déguisé en directeur des affaires publiques, au péché de vaquer à des rêveries pour soulager l'impuissance de ma condition. Julianna, l'ingénieure de mon équipe, assidue comme toujours, m'attend cependant du coin de l'œil pour rire et me mettre du baume au cœur dans ces journées de labeurs de la *Green Economy*. Je l'entends déjà ricaner doucement, à me voir faire mes habituelles maladresses, avec le sourire rusé et le regard délicatement posé sur mes gestes penauds. D'ici, on entend déjà maugréer le soi-disant directeur des ressources humaines, l'ego boursouflé par tant de responsabilités pour mieux masquer le vide intersidéral de sa vie intérieure.

Jour de paie. Il sort de son bureau et va entamer ce pour quoi il jouit de son emploi. Se balader dans les couloirs à moquette verte, la besace pleine des fiches de paie et de Tickets-Restaurants. Déambuler comme si c'était son argent qu'il distribue, grand seigneur. Roulement des épaules dans sa chemise à manche courte totalement désynchronisée, dépose fluette de ses pieds sur la moquette : sa silhouette générale crée au mieux un effet comique que l'on peut aisément déchiffrer sur tous les visages de bureau dont les grimaces trahissent un rire retenu et la hâte que ce supplice finisse. Cette déambulation schizophrénique – le haut du corps bien *corporate* et le bas révélant la vraie nature de notre ami – n'est qu'une occasion de plus pour que le sentiment absurde s'immisce dans nos vies, glissant furtivement de la machine à café Nespresso, rampant sur la moquette jusqu'à atteindre nos bureaux, nos corps, nos vies. Il fait la distribution de petites enveloppes. Il attend à notre bureau que nous signions pour attester que nous avons bien reçu la contrepartie suprême, donnée avec diligence par ses soins. Il me demande si je vais bien. Je lui réponds que oui, et continue en lui posant la même question. Il me répond : « Comme un lundi. » Je pourrais me lever et le claquer pour lui retirer son petit rictus du pouvoir qu'il croit détenir et qu'il affiche si promptement lors de ce qu'il appelle *la remise*. Le si peu d'intérêt que sa personne suscite chez moi, voire le mépris que je peux avoir pour ce type qui aspire tout ce qu'il peut du rôle qu'on lui a donné pour épaissir son existence, rend encore plus absurdes ces moments presque hors du temps où cet insipide personnage laisse suinter, par le rituel qu'il instaure, par la chorégraphie des gestes qu'il institue – se tenir debout, déposer la liste d'émargement, sourire, se mettre en retrait pour observer le contenu de son pouvoir, attendre que le personnel signe et prenne son dû, et enchaîner au bureau suivant – laisse suinter, voire dégouliner, *le clivage*. Je donne ma force de travail, quoique déclinante, je mets ma subjectivité, mon corps, ma puissance au service de l'organisation pour l'accomplir. Alors, je donne tout ce qui fait que je suis une force de pensée et d'action et je découvre l'illusion qui consiste à cliver. Il y a ma vie en action dans le travail que je consens avec joie d'opérer, et il y a ma vie qu'on transforme en objet de rituel pour DRH décadent. Le grand écart entre la vie que je vis et la vie-objet. La déception quand l'illusion apparaît au milieu de la conscience affaiblie. Le recouvrement de la condition salariale par la mythologie progressiste. Un clivage patent révélé par mes forces déclinantes. Entraîné par l'énergie venue de la chair, on ne voit pas, emportés dans le flot du temps que rien n'interrompt, ce qu'on peut faire subir à nos subjectivités. On accourt la fleur au fusil, la main sur le cœur, pour changer le monde, pour se rendre utile, parce que c’est tout simplement fantastique que l’économie et l’écologie puissent converger dans la nouvelle mystique de la croissance verte, *green*, numérique, inclusive, collaborative ! C’est la fatigue qui écrit. Je sonne gris, aigri et rabougri. D’ailleurs, je n’arrive pas à tenir ce discours très longtemps. Il laisse place à l’angoisse qui susurre que je ne suis pas à la hauteur, que les scenarii qui germent par milliers dans mon esprit sur l’origine de ma fatigue sont tous faux, que je suis même en dessous de tout, que somme toute ma volonté n’est pas assez robuste. Que le maintien de mes conditions matérielles de vie tient précisément à ma capacité à tenir dans le clivage. Alors, il faut persévérer. Il faut oublier cette fatigue, elle finira bien par disparaître.

Je fais semblant de travailler. Il n’est pas normal que je sois désœuvré si tôt dans la journée. Il faut en faire plus. Mon corps résiste et demande asile. C’est qu’être lobbyiste, une fois le réseau bien huilé, une fois les éléments de langage et autres argumentaires bien rôdés, cela se résume à de la représentation, à des petits déjeuners, à des rencontres, à des déjeuners où l’on s’efforce de montrer qu’on existe. Et, si l’on cherche un quelconque épanouissement dans un tel emploi, il faut s’accrocher à un idéal souvent fluctuant et se rappeler constamment, si l’on n’est pas tout simplement opportuniste ou cynique, que derrière nos combats, ou plutôt au-dessus, les surplombant, il y a des causes qui transcendent nos petites journées parfois rabougries.

#2 Un jour de divorce avec le monde

Fatigue : 7/10
Douleur : 7/10
Atteinte cognitive : 7/10
État d'esprit : Angoisse

Le midi, je cours dormir dans l'herbe au parc Monceau. Je longe le boulevard de Courcelles, sandwich à la main. Je passe devant un grand bâtiment haussmannien et m'arrête inéluctablement devant toutes ces plaques dorées et argentées, clouées sur la façade à hauteur d'homme, avant que mon regard ne se fixe sur celle de « Docteur Panaud, médecin du sommeil », me faisant penser que peut-être l'état de mon corps serait dû à des problèmes de sommeil. Je reprends ma marche, le regard vitreux, notant le numéro de téléphone de l'expert, tentant de me remémorer encore une fois ce que, dans mon rythme de vie, je pourrais changer et qui expliquerait cette asthénie persistante, et bientôt ces douleurs et céphalées venues de l'enfer. Installé au pied d'un arbre central, probablement apaisé par la douceur du vert qui domine l'espace, je laisse mes dernières forces me quitter en regardant le bleu du ciel que je laisse sciemment envahir mon champ visuel, si faible dans sa tenue et si flou dans sa texture qu'à tout moment on pourrait s'attendre à ce que tout s'effondre, que pendant un bref instant il me semble que je flotte dans un mélange ouaté de teintes vertes sur fond bleu parsemé de micro-éblouissements multicolores typiques des moments de grande vulnérabilité physique.

Seul, laissez-moi seul.

Je vois des collègues passer au loin. J'essaie de dissimuler l'affaissement de mes forces et de décrocher un sourire jovial qui montrerait que tout va bien dans le meilleur des mondes. Un peu après quatorze heures, je m'arrache à la force gravitationnelle de la pelouse et me débats avec les tentacules de la torpeur. Je reviens au bureau par les jardins de Malesherbes, présentant, à chaque pas, la tension désagréable d'un corps brûlé par une débauche inexpliquée d'énergie, les yeux encore douloureux de la percée stridente des rayons de soleil, emboîtés sur une tête en état de passive ébriété. Quel frais havre de paix que le hall de l'immeuble de la firme, plein d'ombres au sein desquelles se reposer assis sur le carrelage vernis, entêté à être frais alors que, dehors, le béton de la rue parisienne bouillonne ! Debout dans l'ascenseur qui gravit les étages, non sans quelques sursauts laissant présager qu'un jour un malheureux s'y retrouvera coincé, je tente de garder dans ma chair l'apaisement éphémère du repos volé. Le visage fringant et les dents blanches, mais le corps visiblement endolori dans son costume bleu marine, j'étale toute l'absurde inquiétude d'un jour de divorce avec le monde. Ma chair se révolte, dirait Camus, et chez moi, ses soubresauts manifestés par des gerbes d'angoisse indiquent que le repos que je lui octroie est largement, pathologiquement, étrangement, insuffisant. Pourquoi ? Aucun médecin n'est capable de me le dire. Je me délite petit à petit. Je demande des réponses, je demande des explications, je demande de la compréhension, j'exige du sens. Mon corps est absurde. Mon état est absurde. Ma vie est absurde. Et cette absurdité détient en elle un potentiel de terreur abrutissant. Que *reste*-t-il quand tout est détruit ?

Il m'arrive aussi parfois d'aller déjeuner avec Charlotte près de l'Opéra. Nous nous retrouvons souvent dans le passage Choiseul. Je la regarde avec admiration. Pas une cerne, pas une manifestation de fatigue, pas un indice qu'elle soumet son corps à un rythme ô combien plus lourd que le mien. Elle voit que je suis épuisé et que je peine à garder les yeux ouverts, mais nous rions la bouche pleine, comme pour prendre dans les plats posés devant nous l'énergie pour s'esclaffer jusqu'à la crampe. Avec Charlotte, je peux oublier temporairement l'angoisse de ce corps, je n'ai qu'à m'engouffrer dans le trou béant de sa bouche quand elle rit à gorge déployée, plonger dans son esprit fondamentalement comique qui surmonte aisément l'adversité à grand renfort de blagues potaches, à me laisser porter par son rire lourd et sonore, sans gêne pour ce qu'il est et qui ne manque jamais d'interpeller aux alentours. Mes énergies convergent vers sa petite tête de clown et sur notre lien que je découvre, avec les années, robuste et toujours vivifiant. Je ris, c'est tout. Il fut un temps où nous étions subjugués par la complémentarité de nos deux esprits. Nous ne pouvions pas expliquer ce sentiment de paix qui accompagne le soulagement de savoir qu'il y a au moins un être ici-bas avec lequel aucun effort n'est nécessaire. Elle devait à l'époque probablement mettre cela sur le compte de ce sens de l'humour partagé qui tapisse tous nos souvenirs heureux des soirées de jeunesse, quand moi, déjà, voyant qu'il ne s'agissait pas d'affect amoureux, je me disais que j'avais probablement découvert la teneur d'une vraie amitié. Le réel de ma condition me rattrape vite ; acculé à moi-même et frustré, je dois rapidement prendre congé de ma seule et véritable amie. Le sait-elle ? Je vais d'oasis en oasis. Aussi étrange que cela puisse paraître, je me réfugie rapidement dans un bar à sieste dans cette même ruelle. Parfois, Charlotte me suit. Souvent, je m'y aventure en solitaire. Mais je n'y suis jamais seul, toujours accompagné de légers plissements vasculaires, des coups de tambourin orchestrés quelque part derrière mes globes et de la mise sous presse temporale par les coups de butée de mon sang qui semble gicler et taper dans ma tête. Mes journées sont devenues pour moi de longs tunnels d'impuissance clos et opaques. Je me lève très rapidement, me rendant compte à quel point le temps est vite passé, et étourdi par ce mouvement brusque, je ressens quelques vertiges et ma vue se trouble de petites étoiles parasites, de sorte qu'en levant les yeux, il me semble que les grands rideaux blancs, ces draperies monumentales, sont comme en feu et tombent finalement en lambeaux au sol. Quand je sors finalement dans la rue, le monde ressemble à un décor de cinéma et ses habitants m'apparaissent comme des figurants. Un monde suspendu à un danger imminent, comme si quelque chose de terrible allait arriver, comme un vide nouvellement creusé en soi. Un désert clignotant, oscillant dans l'entre-deux du réel et de l'irréel. Je ne sais pas comment je vais tenir une journée de plus au travail.

#3 La fatigue

La fatigue qui m'étreint n'est pas le témoignage de l'effort que tout un chacun déploie pour vivre sa vie. Ce n'est pas une fatigue choisie, librement consentie comme contrepartie du devoir accompli, du labeur, de la dépense insouciante d'énergie. Le sommeil qui s'en suivra ne sera pas réparateur. Non, c'est une fatigue si puissante, si profonde que c'est le simple fait d'exister qui est en péril. C'est une fatigue d'être. Une fatigue aliénante, épuisante, destructrice, me dépossédant intégralement de tout pouvoir-être. Comment exister, accablé par une pression ontologique si forte ?

#4 La débâcle II

Fatigue : 7/10
Douleur : 6/10
Atteinte cognitive : 7/10
État d'esprit : Angoisse

Ce matin de novembre 2015, quelques jours après mon retour d'arrêt-maladie, je ressens comme une étrangeté dans le bas-ventre. Avec des sensations similaires à celles que l'on ressent lors de montagnes russes, on monte, on monte, poussé, mais toujours tiré par la gravité du monde, mais on continue de monter et, avec nous, c'est l'angoisse qui s'étend, car elle sait que la chute est forcément proche, on monte jusqu'au sommet de la structure, avec vue panoramique sur les alentours, avant la redescente fulgurante qui s'accompagne comme d'un froid, d'une gêne, oui, dans le bas-ventre. J'étais bien conscient que mon état de santé était très préoccupant, et je ne sais pas si mon discernement était atteint par tant de fatigue, mais il semble, par je ne sais quelle prémonition du corps sur le réel, que je faisais montre d'une relative sérénité, alors que tout indiquait que ma situation était précaire. Sérénité identique, on le comprendra par la suite, à celle d'une vache qui se prépare à aller à l'abattoir. Car ce matin-là m'attendait un email du PDG me convoquant à un rendez-vous dans l'après-midi, ce même homme qui avait l'habitude de m'envoyer des SMS à l'impromptu pour des réunions improvisées, avec qui je déjeunais un mois avant en parlant argot, en nous dévoilant petit à petit nos vies privées, en riant souvent, en faisant des plans de développement stratégique de l'entreprise, en rêvant d'une croissance exponentielle de l'activité, en imaginant les différentes façons dont nous gagnerions tous nos combats (lui pour le profit, moi pour l'écologie). Cet homme me convoquait par email à une réunion, avec un style laconique, direct, froid. Tant de formalisme soudainement adopté ne pouvait signifier qu'une seule chose. J'allais être licencié. Était-ce en rapport avec la dégradation manifeste de ma santé ?

Julianna se réfugie dans les escaliers pour pleurer. Sylvie, sauvée de la foudre de Jupiter, tente de consoler Héloïse dont le quotidien vient d'être amputé d'une amie précieuse. Les informaticiens eux aussi sont victimes de la purge, ils organisent une réunion dans la rue. Que peut faire le délégué syndical ? Faut-il un accompagnement juridique pour attaquer en raison des motifs mal argumentés invoqués dans la lettre de licenciement ?

Comment ? Moi ? Licencié ?

Il est assez difficile de continuer la lecture de ce courrier, car se tient à ma gauche l'énergumène à chemise courte, et devant moi un PDG souriant, arborant tous les simulacres de l'empathie brossée avec du Colgate. Cerné de toutes parts par leurs regards appuyés, c'est à ce moment précis que je crois bien qu'un cri se fraya un chemin depuis mes tripes jusqu'aux visages de mes interlocuteurs : « Ah ! », pour finalement se muer en phrase audible : « Mais j'espère que cela n'a aucun rapport avec mon arrêt maladie ? »

Ils me regardent l'air désolé, comme si était assis près d'eux, dans le bureau aux murs blancs et à la moquette verte, un pauvre petit animal pathétique qui n'a plus sa place dans ce milieu de pseudo-adultes dont j'avais feint, sciemment, de ne pas connaître les règles de survie. Plus commode et confortable pour moi, j'imagine, d'avoir fait mine de ne pas comprendre que le concept même de start-up est en lui-même, par lui-même, hallucinatoire. Au-delà de l'hypocrisie commune à toute entreprise et à ses rapports traditionnels de pouvoir, la start-up se révèle être une formidable machine symbolique à aspirer les concepts, la valeur et toute dialectique, un trou noir attirant toute la lumière pour présenter une surface lisse, transparente, hors du temps, dans un décorum artificiel pseudo-naturel. La moquette verte en guise de pelouse. Des fleurs sous cloche accrochées au mur et commandées sur Amazon. Le costume non imposé pour signifier un anticonformisme conformiste. La démocratie participative qui s'avère être le mode d'un pouvoir sauvage. Les promesses d'une révolution ne cachant qu'une vision du monde strictement réduite au digital et à la dématérialisation totale. Fausse entreprise, basée sur la production d'un néant habillé en écologie bourrée de signes qui ne signifient rien et qui dansent, qui font la ronde joyeusement autour de nous, jusqu'au vertige. De leur perspective, je dois faire preuve d'une tentative quasi désespérée de garder ma place, quand, en réalité, il s'agit de montrer que je garde une certaine forme de dignité. Car ils ne le savent pas, je suis plutôt assez doué pour la simulation, mais ma vision a déjà commencé à se flouter, l'audition à baisser, et les muscles de mes jambes à trembler. Je ne cherche pas alors seulement à montrer que je suis un dur à cuire, à leur faire comprendre qu'ils doivent faire attention à ce que je n'aille pas aux prud'hommes et, ce faisant, que je prépare un rapport de force. J'essaie aussi, surtout, avant tout, dans cette altercation foncièrement dissymétrique, de me prouver que je peux encore vaincre mon corps défaillant. Ils ne sauront peut-être jamais que je me bats sur deux fronts, qu'il faut trouver tous les moyens possibles pour restreindre l'extension du domaine de l'absurde ; c'est ce qui, au fond, explique peut-être ce sourire en coin qui semble se dessiner sur mon visage alors qu'ils m'invitent à poursuivre la lecture du courrier après avoir sauté quelques paragraphes pour épargner mes yeux brûlants. Comme si ce qui restait à ce corps souffrant, à présent sommé de rentrer chez lui, était le rire.

Un rire qui fend le visage, de la même manière que j'aimerais fendre ces murs immaculés, les pénétrer de mon poing, casser ce bureau en verre transparent et déféquer sur ce sol, le souiller, tout souiller, comme Diogène en son temps provoquait l'agora en pissant publiquement, et donner des claques ou bien casser cet ordinateur-écran-plat qui me nargue de sa fine et parfaite ergonomie aussi agaçante qu'étouffante. Charme indescriptible d'une chair qui se révolte, les images qui se donnent à voir dans un esprit troublé sont délicieuses de férocité.

Je m'en veux terriblement de cette phrase qui fut la mienne en guise de conclusion : « Journée de merde, mais j'ai connu pire ! », me permettant de récolter quelques sourires mendiés par une sortie à tonalité cool, foncièrement moderne, même le nez collé sur le pathétique. Comme s'il me fallait, même lorsque l'on me chie dessus, que je fasse de l'esprit pour désamorcer tout affect discordant. L'esprit de victime restera encore longtemps à m'habiter ainsi.

#5 La fatigue

Je sais bien qu'exister signifie s'exposer à la fatigue comme témoignage de notre contingence et de notre finitude. Je sais bien que la fatigue fait partie de l'universelle condition de l'existence humaine. Mais que dire d'une fatigue si originaire que l'exister lui-même semble en péril ? Comment assumer ma finitude devant l'infinitude de la souffrance ? La fatigue que je subis a un tel poids que je me sens exclu du champ existentiel des possibles.

#6 Bulletin de santé

Prénom : Johann
Nom de famille : Margulies
Né le 06/11/1986
Âge : 28 ans

Anamnèse : Le patient, âgé de 28 ans, directeur dans une entreprise et enseignant à Sciences Po, fait état d'une asthénie croissante depuis plusieurs mois, de troubles du sommeil, d'insomnies, d'une perte de poids, d'une apparition progressive de migraines, céphalées, douleurs rétro-orbitaires, myalgies et arthralgies. Des troubles cognitifs légers puis insistants handicapent le patient sans l'empêcher de travailler. Sa plainte fait état d'une angoisse liée à sa condition et d'un sentiment que sa situation est proprement insensée. Il affirme prendre des anxiolytiques et a démarré une psychanalyse suite à une rupture amoureuse qui, de son propre aveu, a été « un choc émotionnel puissant » coïncidant à peu près avec l'apparition des symptômes.

Conclusion : Devant l'absence de résultats dans les examens préalables et compte tenu de son histoire, nous avons recommandé au patient de poursuivre assidûment sa psychanalyse si ce n'est entamer une expertise psychiatrique, sans pour autant et pour le moment mener une investigation clinique plus poussée.

#7 À la manière d'Antonin Artaud

Comme si l'on m'avait amputé d'un peu de ma faculté de penser, comme si j'avais l'esprit noyé dans des brumes de feu, la sensation d'être totalement passé sous presse, écrasé par mon propre poids, incapable de tenir face au monde, une acidité doublée d'une profonde vulnérabilité de tous les muscles qui semblent aspirés de l'intérieur par une force obscure, contraints à la contraction, au spasme et à la décharge électrique, magnétique, volcanique. Une fatigue abyssale, si profonde qu'elle nous paraît comme originaire, précédant toutes les fatigues et toutes les forces, si violente que pour s'en remettre, il faille exiger un repos éternel, la mort. Comme si j'étais à vif, les organes apparents, les battements de cœur audibles à l'extérieur, la circulation du sang visible, palpable, la digestion odorante. Et en même temps, comme acculé par une douleur si sourde et intense qu'elle paraît inonder le corps comme un torrent fou, saturé à l'excès, un corps opaque, saturé de soi-même, ramené à sa pure vie, un corps sombre duquel on ne peut échapper.

Acculé donc à la vie élémentaire, dormir, souffrir, manger, dormir, souffrir, baiser peut-être, l'éternel retour du cycle infernal des besoins, acculé donc à une vie minimale, à une vie animale ; par une fatigue profonde, inaugurale, morbide, une fatigue de tous les instants, de tous les tourments, une fatigue du corps, une fatigue de l'esprit à qui il est rappelé son absurde condition. Une ébriété permanente consistant à faire de la moindre position verticale une victoire sur le tragique ; des céphalées venues d'outre-tombe, un cortège de spectres de l'enfer s'emparant de mon crâne pour l'enserrer dans le rouge sang de la pulsation sans fin, du gonflement des tissus jusqu'à l'implosion.

Le sentiment absurde et l'angoisse. L'un est rampant et semble dégouliner des murs jusque sur les tables, l'autre paraît être un cri strident puis doucement lancinant, à basse fréquence, émis depuis un abdomen reconverti en abîme sombre et vertigineux dans lequel une conscience ferait mieux de ne pas jeter le regard habituel qu'elle porte sur le monde, sous peine d'une chute ressemblant à une descente aux enfers.

Le plus important restant quand même le sentiment diffus d'être exposé, que le dehors n'est que l'intérieur de l'intérieur, non, plutôt que dehors et intérieur sont maintenant indistincts, d'être à ma propre périphérie, que la logique du lieu s'est donc évanouie, me projetant dans la triste banlieue de l'être, un *no man's land* à même l'homme, le sentiment que gît en nous une béance ; cette sensation d'être pénétré par les choses, de ne plus pouvoir soutenir le monde, que la frontière entre moi et le non-moi s'est estompée, me voyant dans les choses et les sentant en moi ; ou pire, l'intuition que tous ces troubles qui sont manifestement immunitaires me faisant côtoyer la mort pour un simple rhume ne sont que la figuration biologique du fait intenable que je me tiens au seuil de l'être, que je ne m'en sortirai donc pas indemne.

#8 Salutation au soleil

Fatigue : 6,5/10
Douleur : 6/10
Atteinte cognitive : 6/10
État d'esprit : Désespoir

Le printemps aura mis du temps à nous gratifier de températures clémentes et d'un soleil joyeux. J'ai pris la décision que je passerai autant que faire se peut mes hivers au Maroc ; être soumis aux aléas météorologiques me coûte trop, et la corrélation entre ma santé et le climat est devenue trop flagrante pour la négliger. En attendant que vienne donc le temps de la migration vers les terres ancestrales de ma famille, je savoure des marches quotidiennes dans le quartier, ma peau se délecte à chauffer en terrasse, et je sens mon sang circuler, atteindre des zones endormies et régénérer ses parties sclérosées. Mon amie Karine appelle cette situation « l'hélio-dépendance », et il est vrai que je me dessèche en hiver, fane sur mon canapé et pleure de douleurs. Alors, printemps, été, je vous attendais ! Et maintenant que je vous ai, je vous chéris de toutes mes forces : mon esprit s'éclaircit, la souffrance diminue, je peux écrire, enfin !

J'alterne. Le café Chez Coquille au bout de la rue le lundi, celui tout en bas de chez mes parents, Le Zinc, le mardi, puis j'enchaîne sur Chez Félix, si j'ai le courage je m'aventure jusque chez Raimo Glacier. Mais il est vrai que je garde cette destination pour les fastes jours. Car le glacier se trouve à huit cents mètres de chez moi. Parfois, quand l'envie de vert est irrépressible, je prends un Uber pour me rendre au Chalet des îles au bois de Vincennes. Affublé de mon horrible casque antibruit qui m'évite bien des déconvenues, j'écris – cette activité est devenue vitale, telle une catharsis de l'épuisement – ou je lis avec la gourmandise de l'enfant devant des sucreries, je lis avec le regard acéré, prêt à bondir sur un concept, une métaphore ou une formule dont je puisse me délecter, qu'il me soit possible de déguster, avaler, digérer, assimiler. L'épuisement physique accule, semble-t-il, à une activité symbolique accrue. La douleur, quant à elle, développe un goût prononcé pour la jouissance et les plaisirs du corps. Écrire au soleil en forêt en compagnie des plus grands constitue en ce sens la meilleure combinaison du symbolique et du plaisir. Ou bien écrire des scènes érotiques, l'effet corporel est immédiatement purificateur. À l'urgence d'écrire cette fatigue, comme pour la symboliser et la détacher de mon être, s'oppose inéluctablement la patience nécessaire à la prise de distance de la chose, à l'élaboration de la réminiscence, au sentiment d'avoir vaincu. Il faut l'avoir vaincue pour la narrer, du moins symboliquement, et toute victoire contre le fléau a le devoir de se retrouver sur une page blanche. Si ce n'est l'écriture du combat qui constitue en soi une forme de victoire. Alors, il m'arrive souvent, une fois attablé à l'une de ces terrasses de l'Est parisien, prêt pour une bataille de papier, non sans frustration, de rester le regard creux, presque vitreux devant la page blanche, afin d'oublier mes espoirs déçus de sortir de cette affreuse errance médicale, de me laisser happer par les sons atténués par mon casque ou par les couleurs tamisées par mes lunettes, et d'attendre. Une image, un souvenir, un scénario qui mériterait que je m'y attarde et que j'y plonge. La dépense d'énergie vaudra-t-elle le coup ? Puis-je espérer par cette action une revitalisation des forces atrophiées ? Me sentirais-je plus en vie en écrivant, et ne vais-je pas le regretter si l'activité me pousse au malaise ?

Peut-être la légère brise qui me frôle le corps en cette journée de juin ressemble-t-elle dans sa texture à celle qui venait perturber mon repos méditatif en haut de cette colline d'une île au sud de la Thaïlande lors de mon voyage quelques mois auparavant.

Pris en tenaille entre l'angoisse générée par ma fatigue et la joie d'être enfin arrivé dans l'épicentre spirituel du pays où je pourrais trouver le chemin vers la régénération, j'ai décidé de m'asseoir en tailleur et de méditer, laissant mon camarade errer seul pendant ce temps. La chaleur qui irradiait sous mon corps était oppressante et le calme des collines une caresse délicate à mon âme. La méthode apprise conseillait de commencer par un scan corporel : focaliser l'attention sur chaque petite parcelle de son corps, des orteils au sommet du crâne. Exercice délicat s'il en est quand ce corps est souffrant. Mais, c'était sans compter sur le fait que le lieu portait en lui un excès. Le lieu était excès. De couleurs, de chaleur, d'ornements baroques, la végétation vite devenue étouffante ; tous ces escaliers, toutes ces plateformes semblaient compresser l'espace sur lui-même, révélant des dimensions cachées. Alors moi, assis, là, sur le promontoire central au pied d'un énorme bouddha, dégoulinant, suffoquant et tenant la douleur par la gorge, d'un coup acculé par l'espace à ma condition incarnée, je ne pouvais dans un premier temps qu'assister, passivement, à cette montée de nausée d'un corps, le mien, qui, à la première occasion qui lui fut offerte par mon attention à son égard tant attendue, voulut me gratifier en retour d'une gerbe. Le spectacle aurait été, à y repenser, plutôt jouissif de dégueulasser un temple sous le regard penaud du badaud qui servait d'agent de sécurité et de ses chiens-dragons multicolores jouant le même rôle que nos gargouilles. Les cris d'orfraie de prudes bouddhistes et des spectres ancestraux hantant les lieux m'auraient aujourd'hui fait hurler de rire. Mais à l'époque, j'estimais qu'il aurait été insoutenable de tapisser de grumeaux le sol luisant de cet antre aux illusions. Alors, désespoir d'âme perdue, pathétique mouvement du faiblard, je fermai les yeux pour les protéger des protubérances du paysage et de cette décoration excentrique, pour me concentrer sur le souffle, sur mes bouts de chair en peine qui habitaient mes muscles, pour n'écouter plus que le silence, et peut-être les voix.

Vous n'êtes pas biologiquement malade, avez-vous songé à consulter en psychiatrie ?

La méditation est finie. Je me lève tout engourdi, presque endormi, persuadé que je viens de vivre une expérience hors du commun, aussi puissante que cinq ans de psychanalyse forcenée. Et si tel était bien le cas ?

Peut-être votre trouble n'est-il que psychosomatique ?...

J'ignore ce que faisait Lucien pendant que je m'initiais à ces délires superstitieux. J'ignore d'ailleurs s'il avait compris que quelque chose de terrible était en train d'avoir lieu. Il m'est arrivé de trouver quelque prétexte comme la mort annoncée de mon chien pour me permettre d'éclater en sanglots avec lui, plusieurs fois. Mais, ni la mort de mon chien, ni tout autre excuse trouvée en urgence pendant ce séjour en Thaïlande n'était la véritable cause de cette douleur que je me trouvais bien aise de partager avec lui. Au fond, cette virée asiatique d'août 2015 ne fut qu'une gigantesque décompensation d'un déni de réel. J'étais venu pour l'illumination et j'ai tout simplement atterri dans le réel. Et mon réel était malade, gravement. Mais, pour l'heure, sur l'île de Koh Tao où nous avons fait halte, je ne le savais pas encore. Je vidais la boîte d'anxiolytiques, les journées n'étaient qu'une pâle copie du mythe de Sisyphe, et la vie se résumait à un vulgaire flux d'événements impersonnels, d'impressions étrangères et de phénomènes inatteignables. L'eau turquoise, parfois translucide, reflétant les rayons aveuglants du soleil dans le manteau de palmiers et autres cocotiers, m'angoissait. La longueur de la plage m'oppressait. Cette nourriture *all inclusive* de club de vacances me terrifiait. Même cette chambre pourtant de bon standing, avec vue sur la piscine et la mer que j'avais fantasmée toute l'année durant, même ce confort me semblait hostile, dangereux, aliénant. Tout ce qui n'était pas à la mesure de mon corps, que je découvrais chaque jour un peu plus faible, devenait pour moi source d'angoisse et de peur sidérante. Il n'y avait que Lucien sur cette terre pour donner du repos à ces affects tyranniques. Alors, nous avons parlé. Parfois ri aussi, entre mes larmes et cette débauche de souffrance à peine dissimulée en quête d'un sens. Nous nous sommes raconté nos vies, nos amours et tous nos déboires. Nous avons bu, lui pour effacer tous ses questionnements sur son avenir professionnel et amoureux, moi dans le but inavoué de disparaître temporairement puisque le sens avait décidé de quitter mon existence. Mon corps se résumant à la souffrance, et la souffrance n'ayant aucun sens, mon être tout entier semblait frappé du sceau de la caducité, et le monde comme devenu un mirage s'éloignant à l'horizon. Alors, heureusement, Internet regorge de bouddhisme revisité à la sauce managériale infantile, de sagesse New Age pour demeurés, et d'occultisme médiéval pour dépressifs. C'est ainsi que j'ai passé quasiment toutes mes nuits thaïlandaises, pour conjurer l'insomnie, à lire des extraits de livres d'un gourou bouddhiste indien du nom d'Osho, à la tête d'une secte obsédée par le sexe, sans que cela me gênât le moins du monde. Je cherchais plutôt réconfort, consolation et révélation d'un secret métaphysique, voire mystique, pour m'extirper du non-sens. Anticritique, j'étais devenu une serpillère, prêt à recevoir toutes les saletés du business de la dépression, et je lisais sans broncher.

La pratique compulsive du yoga pendant ce séjour était devenue un acte quasi désespéré de chercher une issue spirituelle. Très vite, un rituel bien précis s'est installé ; le respecter me semblait être une manière tout à fait innovante, pour le rationaliste que je pensais être, de conjurer la débandade métabolique. Je pratiquais assidûment *Sūryanamaskāra*, la salutation au soleil, mon rituel préféré tant il m'apportait un soulagement éphémère.

Ta maladie n'est qu'une métaphore des problèmes de ta vie…

J'avais été initié à un yoga exotique, une pratique décalée, un mélange de tout ce que mon enseignante avait testé. Un yoga décomplexé, parfois régressif, parfois exubérant, à mi-chemin, me disait-elle, entre le hatha yoga et le kundalini yoga. *Kundalinī*, l'« énergie du pur désir » en sanskrit, énergie sexuelle par définition, énergie de la vie qui veut imposer, dominer, s'accroître par la reproduction sexuée. Elle nous parlait souvent des légendes de tous ceux qui auraient tenté de la réveiller sans un accompagnement approprié, s'exposant ainsi au danger d'une montée violente de cette énergie risquant de provoquer des décompensations psychotiques. Et moi, je ne rêvais que de cela, savoir où elle était, la sentir, cette énergie, et la faire exploser. Je pratiquais le yoga pour l'illumination, pour brûler ce corps mourant, le consumer dans les flammes de mon désir pour l'heure rabougri, je cherchais la transe grandiose, vive, puissante. Résurrection.

Il va quand même falloir songer à consulter jeune homme…

#9 Psychanalyse

Fatigue : 6,5/10
Douleur : 6/10
Atteinte cognitive : 6/10
État d'esprit : Peur

Mars 2015, le monde du lobbying et de l'écologie était encore mon terrain de jeu dans la *Start-up Nation*. Je ne tenais debout que grâce à la méditation – que je pratiquais partout, depuis le métro ligne 2 jusqu'à mon bureau lorsqu'il semblait que mon cerveau explosait. Grâce au yoga aussi. Et, bien sûr, grâce à la psychanalyse – qu'il m'avait fallu démarrer, alors que je pensais que l'origine de tous mes maux n'était pas organique. Fantastique et absolument délirante auto-culpabilisation, car ne trouvant aucune cause à ce qui m'arrivait, cela ne pouvait que revêtir les habits de la névrose psychosomatique. Entrée désespérée et désespérante dans le monde de la psyché, de ses auteurs et de ses théories, balade disgracieuse dans cet univers sombre de pulsions, de mécaniques sournoises et d'angoisse obscure. Descente dans l'enfer du *Livre rouge* de Carl Jung. Que faut-il attendre, au-delà du génie de l'auteur et de la puissance symbolique du propos, à plonger corps et âme dans un livre qui raconte la descente dans la psyché du narrateur, au risque de la folie, quand soi-même on se demande si l'on n'est tout simplement pas en train de devenir timbré ? Je mimais ma propre descente dans mes enfers par la lecture de celui qui l'a véritablement réalisée. Je cherchais le frisson des puissances obscures en observant confortablement assis celui dont c'était le projet. Ainsi, le magnétisme qui entourait *Le Livre rouge* de Jung le rendait pour moi absolument nécessaire, comme d'ailleurs toute son œuvre, je veux dire nécessaire pour mon existence, car tout, toujours, me ramenait à lui ; attraction irrépressible du destin muet ou compulsion de répétition, j'imaginais le livre naviguer sur le flot de mes larmes mélangé à ce sang noir, cette bile impropre que je sentais imbiber mon corps, et inéluctablement toujours revenir face à moi, face à mes yeux quoi que je fasse, quoi que je pense vouloir. Je comprendrais d'ailleurs plus tard que ce n'était probablement qu'une réponse pseudo-rebelle au fait que mon psy était freudien. Mon délire jungien me mènerait à explorer tous les recoins de sa théorie du symbolisme, des archétypes et de l'individuation, avec un esprit glouton prêt à dévorer tout ce qui pouvait m'apporter du sens au milieu de l'absurde. C'est à cette occasion que je fus mis face à face pour la première fois avec l'image du phénix tant analysée par Jung et qui, depuis, semble ne pas vouloir quitter mon esprit de par la promesse de résurrection qu'elle recèle. Empreinte indélébile de la figure de l'oiseau de feu, symbole de naissance, renaissance et résurrection, feu qui consume la vie mais permet aussi de la générer à nouveau. Feu de la vie elle-même, car la vie est ce feu qui brûle son propre brasier. Feu obsédant pour un corps déliquescent, feu de la vie pour un jeune homme habité par le spectre de la mort, canicule intérieure d'un être impuissant à être, j'étais devenu un démon assoiffé de nourritures mystiques, à défaut de nourritures mondaines dont mon corps semblait incapable de soutirer de l'énergie physique.

#10 Implosion

Un matin de mai, je me réveille, accablé par la fatigue et la douleur. Un tremblement de terre a eu lieu dans mon corps dans la nuit. Comme un attentat, encore. Je suis fissuré. Je me lève. Je m'habille. Je ne mange même pas, la nausée est trop forte. Mais que m'arrive-t-il, bon sang ? Pourquoi aucun médecin ne m'aide ? Je vais à mon rendez-vous à La Défense en ayant rangé mécaniquement *Le Livre rouge* dans ma sacoche. Rupture de l'espace-temps, je ne me souviens même pas avoir pris le RER A. Arrivé au salon d'exposition où je devais rencontrer des institutions publiques et des entreprises, je retrouve un collègue. Les mots sortent tout seuls de ma bouche. Autour de moi, on parle, on me regarde, des gens me serrent la main, peut-être, je ne sais plus. À la pause, je me dirige vers les toilettes. J'abaisse la cuvette. Je dispose mon sac sur le rebord et j'y dépose ma tête, m'étant préalablement assis au sol. Et je dors. *Le Livre rouge* rangé dans la sacoche fait office de coussin. Il s'est peut-être écoulé une heure avant que j'émerge du profond sommeil dans lequel j'étais entré à peine les yeux fermés. Ce moment est fatidique, il correspond à une singularité dans toute mon existence, car ce que j'ai ressenti en cet instant précis, cet écrasement intégral de la conscience, comme un rocher brûlant brusquement tombé sur moi, pesant de tout son poids sur ma concentration, ma mémoire, obscurcissant mes capacités cognitives comme un lourd nuage sombre projetant des rafales lacérant l'esprit de gerbes bouillantes, ces sensations débilitantes ne m'ont jamais quitté. Mon cerveau a explosé. Je ne suis pas certain d'un jour le récupérer.

#11 L'écriture pour la vie

Il me faut raconter ce que je vis pour pouvoir le vivre *et* le penser pour le surmonter. Je ne vois plus d'autre façon de m'en sortir que de passer par là. J'aurai tout essayé, et on m'aura tout répondu. J'aurai tout exploré, et on m'aura doctement bien montré les impuissances de la médecine. J'aurai désespéré et espéré à nouveau dans une boucle infinie. J'aurai demandé de l'aide et vu les gens se détourner devant ma souffrance invisible. J'aurai cédé à la tentation facile du réconfort éphémère de la médecine douce et des propos ridicules des gourous des spiritualités New Age. J'aurai permis à des acteurs du soin de me projeter en pleine face toutes les théories psychosomatiques. J'en viens alors à la conclusion qu'avant qu'on me prenne réellement en charge, médicalement, qu'on admette que c'est possible, même avec des zones d'ombre, que je doive entre-temps agir et penser seul. Je ne sais pas comment, mais je le dois – c'est l'unique voie. Ce que je raconte au milieu de ce concert de voix sous une pluie de cendres, ce ne sera donc pas un livre. Ceci est mon sang. Ceci est mon corps. Mon corps fragmenté, mon corps brûlé. Mes cendres.

#12 Épuisement

J'entends par épuisement la situation où, à bout de force, je suis dans l'impossibilité d'être tout en n'ayant d'autre choix que de persister dans l'effort pour être.

#13 Adieu, Hippocrate

Fatigue : 8/10
Douleur : 7/10
Atteinte cognitive : 8/10
État d'esprit : Colère

Je me souviens qu'il y a six mois, après deux semaines en enfer, les médicaments ne faisant absolument rien aux douleurs, je me suis alors rendu aux urgences de l'hôpital Lariboisière. On m'a orienté vers un couloir aux lumières tamisées. La douleur était telle que j'en étais pris d'ébriété, de vertige et finalement de nausée. J'y ai rencontré une neurologue, gentille au demeurant, mais je sentais dans son regard qu'elle me regardait avec un mépris à peine dissimulé.

« Donc, rien au scan, rien à la ponction lombaire, bonne réaction aux anti-inflammatoires… Tout va bien dans votre vie en ce moment ?

— Écoutez, non, je souffre beaucoup, et je suis épuisé.

— Je veux dire, situation amoureuse, familiale ; du stress, non ?

— Oui, tout allait bien jusqu'à fatigue extrême, douleurs, migraines. Que faire ? »

Silence.

Elle m'a prescrit un médicament contre les douleurs neuropathiques, un antidépresseur, mais à faible dose. Ce médicament a complètement – je ne sais pas si la formulation est la meilleure – détruit la possibilité d'une pensée de germer. Violence inouïe. J'avais l'impression qu'on m'avait amputé de la pensée. Légume, j'étais devenu un légume. Un légume souriant, bien brave, un bon légume. Absurde au carré, car vivre l'insensé, en étant capable de le penser, d'essayer tout du moins, c'est une chose, mais continuer à ressentir l'absurde dans sa chair, en étant totalement démuni d'outil cognitif pour le penser, est une expérience tout simplement horrifiante.

Il n'était pas seulement pour moi question ici de reconnaissance sociale par l'institution. C'était une question de confirmation, presque ontologique. Car je savais, dans ma chair, que j'étais malade, mais l'institution médicale ne le reconnaissait pas encore, n'identifiait pas des marqueurs, ou des traits sémiologiques particuliers, en forme de critères pour établir un diagnostic.

« Il va peut-être falloir songer à consulter un confrère psychiatre, jeune homme.

— Je suis déjà en psychanalyse.

— Eh bien, continuez-la.

— Oui, je compte bien, mais j'ai déjà un certificat attestant que je n'ai aucun trouble psychiatrique, donc si vous voulez...

— Il n'y a rien dans aucun de vos résultats biologiques.

— Si ce n'est ni biologique ni psychologique, comment expliquez-vous alors que je frôle le malaise en montant un escalier ? que la fièvre me terrasse toutes les semaines ? que je pleure de douleurs musculaires ? que je vomisse de céphalées ? »

Silence.

Aussi centrale et souvent salvatrice que puisse être l'institution techno-médicale, c'est avec sa grande violence que j'ai fait alors connaissance. D'une très grande violence, qui est la violence de l'insensibilité des machines. L'institution médicale est une machine à soigner. On lui entre des paramètres, des commandes, un algorithme, et elle fonctionne, machinalement. Je me suis retrouvé, d'un coup, dans cette position d'être un malade marginal. Un malade dont la condition maladive n'est pas prise en charge par la médecine, donc renvoyé dans les limbes de la marginalité, un malade non reconnu. Incroyable inversion du rapport soignant/soigné, où c'est au malade de quémander le soin au soignant dont c'est pourtant la vocation, de lui expliquer que, bien que les résultats de laboratoire soient bons, quelque chose ne va pas, et il ne le voit pas encore. Finalement, c'est au malade d'intimer au médecin de cesser de projeter ses insuffisances dans l'arrière-monde d'un inconscient.

Je suis allé de neurologue en neurologue, de généraliste en généraliste. Désespéré, je suis même allé voir des guérisseurs, des sorciers, des magnétiseurs. J'ai fait toutes sortes de thérapies. J'ai fait tous les bilans possibles ou imaginables. On m'a irradié de rayons X. J'ai fait des IRM. J'ai été projeté sur écran, en scanner. On m'a décomposé, en formulations sanguines. On a testé mon auto-immunité. On m'a touché, palpé, repalpé. Je me suis mis à poil sur des brancard en métal glacé et on m'a regardé, analysé, scruté. On m'a dit d'aller voir des psychiatres. On m'a donné des leçons d'hygiène de vie. On a mis en doute la crédibilité de ma souffrance. Et on m'a montré une médecine qui n'a plus rien d'une médecine hippocratique, et encore moins d'une médecine scientifique. Je n'en veux pas à la médecine de ne pas avoir de réponse à ce dont je souffre. Ce n'est pas un dû. C'est tout à fait normal qu'il y ait des zones d'ombre, de l'ignorance, et qu'il y ait encore beaucoup de choses à découvrir, qu'il y ait besoin de recherches. J'ai totalement accepté le tragique de ma situation, je ne peux le reprocher à personne, et sûrement pas à l'institution médicale. Elle est là justement pour pallier le tragique, mais certainement pas pour nous abandonner en rase campagne en faisant croire à la victime qu'elle est son propre bourreau.

« Que fait-on alors ?

— C'est-à-dire ?

— Je crois bien que, dans l'idée du métier de médecin, il y a quelque part, mais je ne voudrais pas m'avancer, le principe de soigner, et d'accompagner, et si cela s'avère compliqué, d'orienter pour une continuité de soins, mais je dois me tromper... »

Silence.

Une institution qui est censée prendre soin des corps se retrouve en fait, puisqu'incapable de les soigner, à mutiler l'esprit. Voilà ce que j'ai vu dans mon errance. Je l'ai vraiment vécu comme des coups de couteaux. Je l'ai vraiment vécu comme des balafres dans le corps, des lacérations sur la gueule. Cette violence, qui n'assume pas ses propres imperfections, ses propres manquements, ses propres failles et le tragique de la vie, on ne peut s'y préparer. Cette période est sombre, il n'y avait plus de lumière pour moi, il n'y avait plus d'horizon. Il y avait un enfermement total en moi, dans mon corps. Littéralement personne pour m'aider. Pas même ceux dont c'est le métier.

À plusieurs occasions, j'ai eu envie de me faire du mal. Pour me dire que cette souffrance que je me serais infligée aurait été une souffrance choisie.

Conjuration du mal. Pas de crucifix, mais un bon couteau de cuisine. C'était un peu comme reprendre le contrôle sur le corps, qui paraissait ne plus m'appartenir. Ne plus m'être propre et être totalement soumis à des aléas métaboliques, immunitaires. Je ne sais pas. Inflammatoires ? Neurologiques ? Sauf que moi, je ne suis pas une physiologie. Je suis une personne, je suis la vie de mon corps. Je suis un être humain, qui a une subjectivité et qui voulait remettre sa patte sur son existence corporelle. Eh oui, alors, j'ai souvent, pour conjurer l'angoisse et la douleur, eu envie de me faire mal, de pénétrer ma chair avec des choses qui font mal. Sciemment, de ne pas hésiter à aérer ce corps qu'on dit être mien, le lacérer pour l'éventer. Faire couler le sang, un peu, juste assez.

Je ne savais pas qu'il était possible d'être témoin, passif, impuissant, de sa propre décomposition, de sa propre dissection, comme ça, sur le vif, que des morceaux de personnalité pouvaient se dissoudre dans l'air, comme ça, pièce par pièce. Que le monde pouvait se diluer devant des yeux ébahis. Ma grande peur pendant longtemps : qu'il ne *reste* plus rien, que cette maudite maladie ait tout aspiré, tout brûlé de son feu maléfique, qu'elle m'ait épluché totalement, couche par couche, qu'elle ne veuille alors s'attaquer au brut, au pur, à mon cœur – si cela a encore un sens que de penser qu'il y a un fondement assuré et stable à soi. Jamais je ne laisserai une telle éventualité s'approcher du possible. Est-ce seulement possible ? Comment tient-on debout, le regard clair, le corps droit, la tête vers le ciel, les pieds dans le sol, quand tout le sens disparaît ? Cette disparition totale du sens, je ne pensais pas que ce fût possible dans une expérience humaine banale comme la mienne.

« Que fait-on alors ?

— Je pense qu'il est surtout très important de ne pas ajouter de l'angoisse et de l'hystérie à votre présente condition. Les psychiatres parlent de troubles somatoformes, vous savez. En attendant qu'on en sache plus, je vais vous mettre un médicament assez puissant contre les céphalées.

— Troubles somatoformes ? Bref, vous ne savez pas ce que j'ai, mais du jargon pseudo-psychologique vous permet de vous décharger à peu de frais. »

Silence.

Vous voyez l'humain en une dimension, et ce que la logique et la science coupées de la sensibilité, habillées en pratique médicale, n'ont pas pu saisir intégralement, vous le refoulez dans l'abîme d'une instance psychologique. Dualistes, vous transformez des malades du corps en malades de l'âme. Vous voyez l'homme malade comme un objet, un objet de science, d'expérimentation, un objet façonné et pensé selon la logique instrumentale. Ils vous disent qu'ils ne sont pas dépressifs. Ils vous disent qu'ils sont totalement étrangers au psychosomatique que vous invoquez comme un totem. Ils vous disent que rien de ce qu'ils vivent n'est le symptôme de quoi que ce soit qui ait à voir avec l'application douteuse d'un freudisme appliqué à leur corps défendant. Ils vous disent qu'ils sont malades et ne voudraient pas entendre en retour qu'ils sont tordus, qu'ils ne savent pas gérer le stress, qu'ils travaillent trop, ou qu'ils ont vécu un traumatisme dans leur tendre enfance. Que faut-il avoir vécu jeune pour qu'à la trentaine on sente sa vie se faire aspirer ainsi ? Vous entendez-vous vomir vos ritournelles ? Qui vous permet d'appliquer les critères de la dépression à un cas clinique qui lui est *a priori* étranger ? Ce n'est pas que je ne veux pas, c'est que je ne peux pas. Mon désir de vivre est intact, mais je suis puni quand je vis. Vous comprenez ? Quand on ne sait pas, on ne parle pas. Quand on est scientifique, on reste à sa place, celle qui face au manque de savoir impulse la recherche pour comprendre.

Alors, comment tient-on debout quand les conditions de son existence semblent une à une s'oblitérer jusqu'à ce qu'il semble que cette existence elle-même soit menacée de disparition ?

En songe ou en rêve éveillé, alors que mon état était sérieusement dégradé, je crois que cette image m'est venue. Celle d'un cours d'eau dans lequel on avance emporté par le courant. On ne fait pas d'effort, et le déplacement est si fluide et si aisé qu'on ne s'imagine pas que le débit puisse ralentir, que le fleuve puisse tarir ; on ne voit pas les bords, on ne sent pas les parois, on pense même qu'il n'y a pas de limite, si emportés et insouciants que nous sommes. Dirions-nous inconséquents ? Car on sait qu'il y a au moins un *effet de bord*, qui pourrait s'avérer désagréable, une limite qu'on aimerait lointaine alors qu'elle est bien finie. Alors quand tout dégringole, quand l'énergie vous quitte, vous voici acculé sur les bords. Au-delà, c'est l'abîme. Ce torrent fougueux, c'est la vie elle-même. Mais je crois, à voir comment je me suis rué sur tous ces auteurs depuis Nietzsche, que je l'ai identifié aussi à l'histoire de la philosophie, une philosophie de bien portants jusqu'à l'irruption du philosophe malade qui l'a en quelque sorte retournée pour penser le tout non depuis le cœur du fleuve fougueux, mais depuis son bord avec le gouffre.

Soi-même, les bords, l'abîme. Voilà le tableau.

Avoir des choses à dire et sentir les forces manquer, la concentration se dissoudre et la pensée s'effilocher. Ravaler d'impuissance ce qui montait alors, le recouvrir, en espérant le retrouver un jour futur d'été, à l'ombre d'un cyprès où il sera alors possible de saisir la fraîcheur du sable qui donne l'assise et l'ancrage. Respirer l'air pur comme s'il était possible d'aspirer en soi l'horizon bleuté du monde et, enfin, prendre la plume pour dire ce qui doit être dit. D'ici, je sens déjà la dureté métallique de la chaise froide sur laquelle je pose mon corps vivant qui n'attend qu'une chose et une seule : étendre le domaine de la nuit à même le jour. Les yeux fermés, car la lumière est trop vive pour mon cerveau malade, je rêve que les mots s'écrivent d'eux-mêmes sur mon corps, car, finalement, un pis-aller serait d'écrire ; je rêve d'une existence où le papier est inutile, car la vie s'inscrit à même la chair sans que mot je n'ai à dire.

Écrire sur la souffrance quand on souffre, c'est déjà lui ôter de son pouvoir, la décoller d'elle-même et l'objectiver. C'est une vie souffrante qui, pour autant qu'elle cherche à s'accroître, essaye de monnayer son pathos dans les mots, dirait le philosophe Michel Henry dont la lecture m'accompagne des nuits durant. La maladie dissout, brûle, évapore tout ce qui transcende le vécu de souffrance. En détruisant la structure de celui que je pensais être, en ruinant sa rigidité et sa compacité, elle a révélé l'étoffe de mes passions et la pluralité des voix qui, planant au-dessus du vide vrombissant, chuchotent leurs litanies. Et, de cette puissance corrosive, de cette tyrannie qui m'arrache alors à moi-même, c'est le monde dans sa totalité qui s'en retrouve déraciné. Il faut souffrir pour penser.

#14 Bulletin

Prénom : Johann
Nom de famille : Margulies
Âge : 29 ans.
Groupe sanguin : O+

Anamnèse : Le patient, âgé de 29 ans, directeur dans une entreprise et enseignant à Sciences Po, s'est présenté aux urgences céphalées de Lariboisière dans un état de grande détresse. Une dose en perfusion de Bi-Profenid lui a été donnée, faisant disparaître immédiatement les douleurs et les vertiges. Il fait état d'une santé dégradée depuis plus d'un an : asthénie, céphalées, douleurs musculaires. Il précise que son état s'est fortement dégradé au retour d'un voyage en Thaïlande, mais les examens réalisés au centre d'immunologie de l'hôpital Pompidou n'ont rien donné du côté des maladies infectieuses et tropicales. Il est actuellement au chômage et se dit « en errance médicale ». Une ponction lombaire et une prise de sang ont été réalisées ainsi qu'une IRM cérébrale avec produit de contraste. Sans résultat notable.

Conclusion : Devant l'absence de résultats, il est recommandé au patient de poursuivre l'investigation clinique en médecine de ville et de prendre contact avec un psychologue ou un psychiatre pour évoquer l'éventualité d'une maladie psychosomatique. Suivi neurologique proposé à Lariboisière à M+1. Traitement symptomatique des céphalées par Laroxyl 12 gouttes par jour pendant 6 mois.

#15 Levinas et la fatigue

Levinas est une source permanente de sens pour qui se tient au-delà de l'abîme. Le voilà qu'il nous dépeint la fatigue comme déhiscence, une désarticulation de soi par rapport à soi ; il emploie même le terme de *luxation*, « décalage de l'être par rapport à ce à quoi il reste attaché » ; j'aurais envie d'ajouter « creusement d'une béance entre le corps vécu et le corps objectif ». C'est une condamnation. À quoi ? À être. Quand je suis exténué, mais cela est vrai pour la condition malade dans son ensemble, je suis abandonné à moi-même. Je ne peux sortir de moi-même. L'enfer, ce n'est pas les autres, c'est l'absence de l'Autre.

#16 Nietzsche

« De tout ce qui est écrit, je n'aime que ce que l'on écrit avec son propre sang. Écris avec du sang et tu apprendras que le sang est esprit », nous dit Nietzsche par la bouche de Zarathoustra. Que cette adresse du prophète m'aura hanté des nuits durant toute l'année 2017 ! Car je sentais à la lire et la relire pendant ces nuits blanches du désespoir que je ne connaissais même pas la couleur de mon propre sang. Il m'était devenu très clair que le salut pour moi passerait par l'écriture. Sauf que je ne savais pas écrire, je veux dire, je ne savais pas écrire avec style, avec mon style, celui qui coule dans mes veines. C'est ainsi, dans une pauvre chambre à coucher où gisait l'homme défait que j'étais, que démarra ma quête pour manier la plume comme un couteau acéré. Qu'elle s'égarât certainement dans des chemins tortueux, je décidai de ne pas m'en tenir rigueur. Qu'elle fût longue et fastidieuse, je n'en attendais pas moins. Qu'elle m'ouvrît la voie au sentiment de puissance fut toutefois pour moi aussi inattendu qu'excitant. Pour la première fois depuis le début de la maladie, j'ai ressenti mon sang bouillir et ma gueule se languissait de rugir. La souffrance pouvait se muer en jouissance, c'était possible. Alors, j'ai lu, j'ai lu toutes les nuits, j'ai ri et j'ai joui. Baignant dans l'angoisse portée par ce corps implosé, Nietzsche fut un second souffle. Et, assez vite, telle une drogue dure, sa lecture devint addictive, ritualisée et compulsive. Nietzsche tous les soirs à la même heure, au lit. Nietzsche dans le bus. Nietzsche au café. Nietzsche aux toilettes. Je n'avais plus que *Volonté de puissance* à la bouche. Toute mon âme semblait absorber, vorace, cette nourriture des dieux qui apaisait, du moins temporairement, les louvoiements de mon esprit troublé par ce corps calciné. Peut-on dire que son esprit me possédait ? Oui. Le lire, c'était lui permettre de m'habiter, c'était rendre une âme à ce zombie errant que je devenais. Apaisement temporaire et retournement de la chair en elle-même par une pulsion érotique devenue hors de contrôle. Temporairement, car l'angoisse de la condition incarnée ressurgissait avec une facilité déconcertante à chaque victoire que je pensais remportée.

#17 Cendres

Il ne reste plus que des cendres après l'incendie permanent de la maladie, cendres dont j'espère utiliser l'étoffe toujours fuyante pour faire un livre et tenter d'en propager les braises au reste du monde.

#18 Le trou noir

Fatigue : 9/10
Douleur : 8/10
Atteinte cognitive : 9/10
État d'esprit : Funèbre

On me suspecte une maladie complexe neuro-immuno-métabolique du nom d'encéphalomyélite myalgique. On m'explique que j'en coche nombre des critères. On me fait état de l'état des recherches, des hypothèses actuelles. On me prévient qu'il n'y a pas de traitement. On m'explique que mon corps serait perclus d'inflammations systémiques, que je souffrirais de désordres mitochondriaux, que mes ponts ioniques seraient perturbés, que mon système immunitaire serait désordonné, que cela entraînerait des dysfonctionnements au niveau des neurotransmetteurs. Tout cela peut être fort utile afin de cesser toute culpabilisation basée sur la psychologisation, afin aussi de tenter de construire un pont au-dessus de l'absurde par le biais de l'intellection. Mais ce n'est qu'un pis-aller. Une faible mesure temporaire, fondée sur la recherche de causalité, mais à jamais et perpétuellement remise en cause dans son fondement par l'éternel retour de la souffrance et de son vécu charnel indélébile.

Submergé, tiraillé, écartelé par la dialectique incessante du comprendre et de l'éprouver, il m'a fallu accepter la passivité fondamentale de mon existence. J'ai dû finalement accepter la mort comme possibilité première ; je l'ai vue, je l'ai sentie, je l'ai palpée, comme ces nombreux soirs où l'idée d'en finir me hantait, où j'ai souhaité de toutes mes forces me taillader le bras pour m'infliger une souffrance choisie, en lieu et place de cette souffrance subie. J'ai espéré au milieu du désespoir, j'ai tenu dans l'intenable, il fut en moi « ce qui ne doit pas être », ce qui se vit précisément comme ce qui doit cesser, et pourtant, je suis encore là. Comme métamorphosé par l'endurance du mal, l'endurance au mal, autotransformé de l'intérieur, je sais que plus rien ne sera comme avant, qu'une fois guéri, si cela arrive un jour, je ne pourrais pas reprendre mon existence dans les mêmes termes qu'avant. Et bien qu'ayant vécu la mort, par anticipation morbide, par souhait que cela cesse, par peur de l'annihilation, en dépit donc de l'expérience du deuil impossible de soi ouvrant la crypte des désirs et de l'identité à soi perdus, en dépit de tout cela, je ne me suis jamais senti aussi vivant qu'aujourd'hui.

Paradoxe du zombie, je me tiens exactement dans le hiatus entre *zoé* et *bios*, entre le processus vital et la vie humaine qualifiée, comme le distingue Giorgio Agamben.

Et puis l'hiver 2017, le terrible hiver 2017, l'hiver noir durant lequel mon corps semble s'être creusé puis percé, par pression infinie de la souffrance et de la fatigue, en trou noir absolu, rompant définitivement avec l'espace et le temps.

À la limite de pouvoir me lever pour aller aux toilettes parce qu'il me semblait que, debout, je devais porter le monde ; à la limite de pouvoir parler, parce que ma propre voix m'était insoutenable ; à la limite de pouvoir manger, parce que la digestion me consommait trop d'énergie ; à la limite de pouvoir ouvrir les yeux, parce que le simple grain de lumière me touchant les yeux me provoquait des vertiges et des malaises. J'étais à la limite. À la limite de l'évanouissement perpétuel. À la limite d'exister. Je ne peux dire exactement ce qu'il s'est passé, médicalement parlant, j'entends. J'imagine que ce qui me servait de protection, mon système immunitaire, s'est mis à délirer et a franchi le point de bascule où il se retourne en promotion de la mort. En tous les cas, ce que j'ai vécu ressemble à une descente aux enfers. La maladie fut cet hiver-là comme la catastrophe m'attirant inexorablement devant la porte intime des enfers, la destination ultime de mon périple, là où l'intuition souffrante excède le concept, le sature, le densifie à l'infini. Là où l'expérience du corps se révèle, à même le désastre, tel un franchissement de l'horizon du possible. La maladie est apocalypse de saturation. Et le pire : je crois que je l'attendais avec impatience.

Je me suis donc fabriqué une Eurydice de circonstance, je me disais, comme pour romancer l'expérience, qu'il me fallait aller récupérer des griffes d'Hadès ma vie perdue, ma vie abandonnée au joug de la fatalité, qu'au fin fond du Tartare, retenu par Perséphone, attendait patiemment un joyau brut, un secret métaphysique sur mon être, peut-être une sphère intacte, indemne de mes malheurs. Mais plus la souffrance m'acculait, plus je gisais, défait, au fond de mon lit devenu tombeau, plus je m'enfonçais sous mon propre poids derrière l'horizon sous la prescription d'une mystérieuse loi pathologique, plus il me semblait que mon Eurydice s'éloignait. Une chose obscure mangeait ma chair dans mes draps mouillés de sueur que je vivais comme un sarcophage qui recrachait des morceaux indigestes sous forme de gémissements. Et quand je croyais avoir enfin amassé quelque connaissance sur ma bien-aimée, prêt alors à remonter les cercles de l'enfer avant une nouvelle flambée des symptômes, plus il me semblait n'avoir en fait conversé qu'avec quelques fantômes. Mais quelle conversation ! Et après avoir glosé des journées durant, après avoir atteint le neuvième cercle, il sembla qu'à vouloir me consumer dans l'incendie que j'étais pour atteindre le cœur de ma vie, ce fut en réalité le néant parfait qui se saisit de moi de ses griffes gelées.

Les mois ont passé. Quelques amis sont venus plusieurs fois me voir. Ils sont descendus pour m'y aider. Les mois ont passé et j'ai pu remonter.

J'ai pu remonter voir les étoiles. Je me suis remis à marcher. Mon teint s'est éclairci. J'ai recommencé à manger. Mes parents et ma sœur chérie m'ont sauvé. Sans eux, je n'aurais pas pu traverser les mondes inférieurs sans y être contraint à un séjour éternel. Il faut le dire. Ils m'ont sauvé. Avec cette médecine qu'on invoque quand la science patauge, une médecine ancestrale, celle qui, par transfert, donne envie à l'être aimé de renouer un pacte avec la vie. On ne dira jamais assez l'importance des proches dans la maladie. Je ne suis pas guéri, loin de là. Mais j'ai survécu. Et avec les conseils médicaux de plus en plus avisés, on sent des progrès, timides, mais assurés. Mais alors : qu'est-ce que survivre à la fin des temps si ce n'est l'impératif d'être à soi-même son propre messie ?

#19 Apocalypse de l'existence

Dans *Être et Temps* (§ 49) et dans les séminaires de Zollikon tenus devant un public de médecins, Martin Heidegger qualifie la maladie par la négativité qui lui est inhérente. Pour lui, la maladie est un phénomène existential caractérisé principalement par la privation, la perte de liberté et la restriction des possibilités d'être et de vivre. Deleuze lui fera écho quand, plus tard, il dira : « Le fatigué a seulement épuisé la réalisation, tandis que l'épuisé a épuisé tout le possible. Le fatigué ne peut plus réaliser, mais l'épuisé ne peut plus possibiliser. »

La maladie est une incapacité à être, à se projeter. Quelle que soit la manière de nommer cette puissance possibilisante qui nous fait arriver dans l'ouvert pour y déployer un monde : effort d'exister (Maine de Biran), volonté de puissance, élan vital, éthos du dépassement (De Martino[1]), désir de présence (Dufrenne), mouvements natals (Patočka), érection existentielle, auto-natalité (Sloterdijk), la maladie en est l'effondrement, mieux elle en est l'*apocalypse*. Car en fin de compte, la maladie est vécue comme la fin progressive du monde du sujet souffrant, non pas d'un monde, mais, comme le précise Derrida, du monde, de tout monde possible[2], apocalypse en tant que catastrophe du dévoilement, mise intégrale à découvert. Mieux, dans les grands moments de détresse, dans ces états qu'on pourrait qualifier de crépusculaires, succombant à la souffrance aveuglante et acculé à une fatigue sans nom, gisant défait dans mon lit et pleurant de désespoir, je suis l'apocalypse même, je la suis, je m'identifie à elle, disait Derrida, je me révèle à moi-même en tant que chair saturée de souffrance et lieutenant du néant. Le temps s'écroule sous la pression du monde trop lourd à porter, résistant infiniment à mon effort et effondré ; tel Atlas défait, c'est moi que je rencontre en deçà de la limite de mon effort, moi sous une forme déchue. Et, touchant le sol, le fond qui est à la base de toute surrection, je découvre non seulement mon monde comme construction au moment même de sa déconstruction pratique et formelle, mais je me découvre aussi comme dévoilement et verdict, catastrophe et royaume, le début et la fin, le faire-part et l'épitaphe[3], le berceau et le tombeau, je ne les vois, oui, que comme le pli d'une même éternité qui se ramasse sous mes yeux pour essuyer mes larmes. C'est ainsi que je n'en peux plus, entend-on souvent dans la bouche de patients éreintés, à bout, écrasés par leur condition. Je n'en peux plus, mais de quoi ? De ne pouvoir être, du poids insoutenable de la non-réalisation. Si la maladie est l'apocalypse de la puissance d'exister, alors l'exigence est d'être à soi-même son propre messie au milieu de cette existence qui se fera au ras de l'ouvert. À la limite, en tant que limite de l'expérience aussi bien que l'expérience en tant que convergence vers la limite, pointant vers ce que Levinas appelait l'*il y a* sans jamais, bien sûr, l'atteindre, sinon dans des états crépusculaires de perte de connaissance, de coma ou de mort que seuls quelques-uns dans l'histoire occidentale ont approchés avec précision. Je pense à la chute de Montaigne narrée au chapitre VI du second livre de ses *Essais*, qui le plonge dans un état semi-inconscient, à l'accident de Rousseau raconté dans ses *Rêveries du promeneur solitaire*, donnant à voir peut-être une première thématisation de l'inconscient. Je pense aussi à la perte de connaissance de Jorge Semprún à son retour des camps, dans *L'Écriture ou la Vie*, où est décrite à merveille la renaissance de la conscience à partir de l'effondrement, ou à Dickens, dans

L'Ami commun, qui raconte la dépersonnalisation d'un bandit qu'on tente de ranimer[4]. Ces quatre expériences sont paradoxales, car elles sont expériences de ce dont on ne peut faire l'expérience, des expériences aporétiques[5].

PARTIE II

Le désert
(2018-2021)

#1 Levinas : la débâcle

Je suis revenu aujourd'hui sur un texte étrange de Levinas que j'avais découvert quelques mois plus tôt. Je voulais alors comprendre l'étrange suspension que je vivais à mon corps défendant, cette suspension du monde, la *débâcle* de ma vie individuelle, la réduction pathologique de mon monde, la nouvelle lumière blafarde jetée sur mon existence. Je cherchais aussi peut-être les leçons d'un maître pour tenir, suspendu devant l'abîme. J'y suis revenu, aujourd'hui, presque mécaniquement, comme attiré magnétiquement par son propos. Et pour cause, il s'agit de ses *Carnets de captivité*, dans lesquels le philosophe en devenir évoque une scène fictive de son roman inachevé *Triste opulence* : la scène d'Alençon, une scène qui décrit l'étrange événement de la *débâcle* de l'armée française de 1940. Ce roman raconte l'histoire d'un soldat français mobilisé en 1939 et fait prisonnier à Rennes. Levinas dépeint un contraste marquant entre la France de l'avant et de l'après-catastrophe. Après la débâcle, la France est dévastée, comme irréalisée. On imagine bien les scènes de désolation et l'atmosphère post-apocalyptique dans cette France défaite et ravagée. Levinas raconte alors « le bruit de draperies qui tombaient » dans la salle incendiée d'un château que des soldats pillaient. C'est pour le narrateur le symbole de l'effondrement de la France et une mise à nu de l'être. Ce motif récurrent dans l'œuvre montre que la débâcle représente la chute de la civilisation. D'après François-David Sebbah[1] qui me sert ici de guide, le chaos qui s'en est suivi a fait disparaître le sens et l'apparence d'ordre. La débâcle, selon lui, c'est la crémation du voile des illusions et la révélation de l'être comme insensé et sans fondement. Le monde est ébranlé et réduit à ce que Levinas appelle donc l'*il y a* : le pur fait d'être, le gouffre de l'existence. En bref, la vie continue alors que nous sommes déjà au-delà de l'abîme, dans la béance d'un monde éclairé d'une lumière froide et lugubre. Je n'aurais pas pu proposer une phénoménologie du tomber-malade plus éclairante.

#2 Retrait

Tout comme Heidegger et Aristote concevaient l'existence par le prisme du mouvement, je pense qu'on ne peut saisir la maladie comme expérience autrement que par son mouvement propre. Et le mouvement propre de la maladie est le retrait, la suspension, la désactivation. La maladie arrache le sujet au monde, le suspend de son être mondain et le met en retrait sur sa couche. Qui veut saisir la maladie en son phénomène se devra donc d'enquêter sur les formes de l'être-hors-du-monde tout au long de l'histoire. Si le malade est cloîtré et mène une vie monacale, l'étude de cette forme de vie ne peut-elle être instructive pour saisir le périmètre du phénomène maladif ? Et si sa vie s'assèche au point de se faire désert aride, si son existence paraît si loin des mondanités et sa quotidienneté si ascétique, l'étude de la forme de vie érémitique ou anachorétique ne serait-elle pas elle aussi d'un grand recours ? Seule une telle investigation, qui devra déboucher sur une phénoménologie de l'esprit sans monde, permettra de saisir le mouvement propre de la maladie.

#3 Sloterdijk et Bachelard

Si je ne devais retenir qu'un élément de mes premières lectures de Peter Sloterdijk, ce serait celui-ci : on ne peut pas saisir l'expérience humaine sans l'élément surréel de l'imaginaire et de l'affectif. Les hommes sont ces créatures un peu folles qui vivent dans des espaces non triviaux insufflés par une imagination matérielle et dont l'atmosphère est colorée des tonalités affectives. De là, chez Bachelard, les réflexions sur l'air et les songes, l'eau et les rêves, ou sa poétique de l'espace. De là, chez Sloterdijk, la conceptualisation de l'espace humain par la métaphore de la sphère symbolique et affective. De là mon intime conviction qu'on ne peut pas saisir une expérience si intense comme celle de la maladie dans l'élément purement matériel et objectif. Il faut intégralement passer dans le registre métaphorique, qui joindra ensemble le matériel et l'imaginaire, l'objectif et le subjectif, pour toucher le cœur de l'expérience en son point incandescent, et c'est d'ailleurs ce que font spontanément les malades dans leurs récits : le monde est devenu désert ; ma vie, une descente aux enfers ; mon quotidien, une torture ; ma vie, celle d'un moine ; mon existence, celle d'un ermite ; je ne suis plus que l'ombre de moi-même, hanté par le fantôme de ma vie d'avant. Ce ne sont pas des facilités de langage. Le monde du malade est *réellement* un désert ; son quotidien, *réellement* une torture ; sa vie, *réellement* celle d'un moine ; son existence, *réellement* celle d'un mort-vivant.

#4 Aporie

Je ne peux pas parler de ma maladie, cela est impossible, c'est dans la constitution même de ce phénomène intime de prendre place en un lieu que l'on ne peut circonscrire ni par un récit ni par la logique, encore moins la logique scientifique, dans un lieu qui laisse le sujet mutique, hébété, bouche bée, frappé de stupeur, écrasé par la fatigue et la douleur, sauf peut-être quand un cri jaillit du plus profond de mes entrailles tel un animal blessé, un cri de la chair ; mais je ne peux pas non plus ne pas en parler, cela est dans la constitution même du phénomène de vouloir être dépassé, symbolisé, transcendé. Me voici donc, au milieu de cette aporie, à tenter de la passer, de l'*endurer*, comme disait Jacques Derrida, chaque nouveau passage frayé contre le non-passage, chaque étape supplémentaire dans l'épreuve étant vécue comme conquête de lucidité.

#5 Où sommes-nous lorsque nous sommes malades ?

La maladie est aporétique. Du grec ἀπορία (*a-poros*), qui signifie « absence de passage ». Par extension, la langue latine conféra à *aporia* plusieurs significations, comme la pauvreté, l'impossibilité, l'angoisse et l'énigme. Nous avons ici une liste de significations qui ont une dimension quasi existentiale comme mode d'être de la maladie. La maladie comme *pauvreté* en monde, l'*impossibilité* d'être soi comme régime ontologique, l'*angoisse* comme tonalité fondamentale du malade l'ouvrant à l'*énigme* radicale de son lieu, voire peut-être de tout lieu. Mais, avant tout, énigme du lieu, absence de passage donc : si je veux penser la maladie, penser la maladie en étant malade, je ne peux faire l'abstraction de ma situation, une situation bloquée, sans passage, le flux du devenir en quelque sorte suspendu, ma pensée ne pouvant être que cette situation se déployant comme site, et moi étant cet étant particulier, un étant pensant, allongé à découvert sur ce site au milieu de l'ouvert ; je dois donc penser ce lieu aporétique, ce lieu sans passage, à partir duquel pourtant s'ouvre bel et bien un monde, mais un monde éclairé d'une lumière étrange, froide, lugubre, la lumière d'Alençon, une éclaircie (*Lichtung*) en demi-teinte délimitant une contrée étrange (*unheimlich)* cernée par les ombres et colorant toute apparition, tout phénomène, de son ambivalence, de sa faiblesse. Si bien que ce lieu, le lieu du malade, est un lieu où l'ombre fait le plus souvent du temps la part belle à la lumière. La mise en situation d'une telle pensée, une pensée située qui veut être lucide sur ses propres conditions de possibilité, revient à lui affecter un certain régime de phénoménalité qui ne doit pas tout à la lumière, un régime de l'entre-deux, un régime gris.

La question du lieu de la pensée et de l'être a traversé tout le XXe siècle philosophique, depuis Heidegger qualifiant l'existence par son là et sa mondanité, en passant par Hannah Arendt et plus récemment Sloterdijk. Arendt demandait : « Où sommes-nous lorsque nous pensons ? », et Sloterdijk, lui emboîtant le pas, demande : « Où sommes-nous lorsque nous sommes au monde ? »

J'aimerais alors demander explicitement : « Où sommes-nous lorsque nous sommes malades ? » Question à laquelle il faudrait d'ailleurs ajouter une autre : « Et comment y sommes-nous arrivés ? » Comme le souligne Sloterdijk, c'est une question typique des métaphysiques gnostiques et orientales, qui ont développé des « herméneutiques de l'être-advenu-ainsi », des enquêtes sur « l'être-là-qui-va-mal » afin de connaître les causes de ce mal et développer ainsi des thérapeutiques. Pourquoi moi ? Et quelle implacable loi m'a mis dans cette situation ? Les lois de la biologie, de la génétique, de l'inconscient ? le hasard métaphysique ? une punition divine ? une prédestination cosmique ?

Je pense bien sûr ici à Fritz Zorn, mort à 32 ans de cancer, dont le récit bien connu *Mars* déploie au fil des pages une colère froide et un ressentiment glacial sans égal dans sa quête de compréhension de son être-advenu-ainsi ; et sa propre enquête sur l'être-là-qui-va-mal lui fait formuler l'hypothèse que ce ne sont ni les lois de la biologie, ni un hasard cosmique, ni la loterie génétique, ni je ne sais quoi d'autre qui l'ont rendu malade, mais toute son éducation bourgeoise, étouffant toute individualité, toute sa vitalité, dont la conséquence mécanique, logique, implacable serait selon lui son cancer. Un tel désir herméneutique me paraît être un passage obligé pour quiconque se retrouve bloqué dans le non-passage.

#6 Hors du monde : le principe du désert

Voilà plusieurs mois que ce thème me travaille, comme si, pour éclairer totalement ma situation, la vivre lucidement et ainsi espérer la dominer, il me fallait parcourir toutes les formes possibles de fuite du monde dans l'Histoire afin que, de cette conscience élargie, je retire la compréhension de mon désarroi et accède au cœur de l'expérience de mon expulsion du monde commun. La maladie, en son essence, est séparation, exil, retrait. Si le monde est une scène sur laquelle des acteurs viennent performer, je suis pour ma part un comédien déchu, relégué sur un strapontin dans le public. La maladie est errance sur un radeau de fortune, mais elle m'a offert un voyage incongru, celui de naviguer dans la galerie d'exposition du musée de la non-mondanité. Mon périple a commencé évidemment avec l'expérience chrétienne de la fuite du monde[2]. Les chrétiens ont, pendant des siècles, fait l'éloge de la vie solitaire. Le IVe siècle de notre ère est l'âge d'or de l'érémitisme et du cénobitisme chrétiens, où des milliers d'individus quittent le climat lourd de l'Empire pour mener une vie solitaire, retirée dans le désert, et tenter de se rapprocher de Dieu. Déjà, avant eux, le monothéisme juif, notamment la secte essénienne et autres sectes apocalyptiques, avait fait du désert le lieu du retrait pour se rendre disponible à l'absolu, mais au IVe siècle, nous sommes face à un véritable mouvement social au point de créer des troubles dans l'Empire. Alors, je lis et relis la vie de ceux qu'on appelle les Pères du désert, à la recherche d'analogie entre les deux vies retirées, celle de l'ermite et celle du malade. Et je suis hypnotisé par un certain Syméon le Stylite, moine du IVe siècle, qui a choisi de vivre sa vie d'ermite en haut d'une colonne, symbolisant sa quête d'union verticale avec l'Un. Son exemple a fait chez moi l'effet d'une détonation, car la vie malade est son exacte symétrique : une ascèse monacale, mais dans les profondeurs de la souffrance.

Sloterdijk a décrit par le menu, dans une sorte de phénoménologie de la mystique, les étapes permettant au renonçant de quitter le monde pour l'ascèse[3]. La première étape tient dans une déclamation : « Par la présente, je sors de la réalité ordinaire[4]. » Les *renonçants*, qu'ils soient bouddhistes, indiens, chrétiens, juifs ou stoïciens, font sécession d'avec le monde pour s'installer sur les rives esseulées de leur propre royaume. L'équivalent pathologique serait assurément l'annonce du diagnostic. La deuxième étape vise à protéger son nouveau territoire contre l'extérieur, l'*exerçant* entre alors en « auto-insulation récessive[5] ». L'étape suivante consiste à entamer un dialogue avec soi-même sous l'œil du Grand Autre[6]. La dernière étape est celle de l'ascèse, le travail de soi sur soi à proprement parler. La règle de saint Benoît ou les nombreux traités orientaux se présentent comme des modes d'emploi ascétiques à l'usage de ces « athlètes de la mimêsis divine », ces « guerriers de l'Un » qui montent, un à un, les barreaux de l'échelle de l'oubli de soi vers l'absolu. Sloterdijk théorise aussi ce qu'il appelle le *principe du désert*[7]. La translation du monde au désert implique de rendre le monde caduc comme instance tierce entre soi et Dieu afin de permettre « l'introversion dyadique » avec ce Grand Autre. Le désert est pour le pratiquant de la retraite volontaire un lieu tiers transitoire qui tend vers le néant pour ne laisser que les noces sublimes de soi dans l'Absolu. Il suffit ici de remplacer « absolu » par « souffrance », et « voulu » par « contraint », pour avoir les étapes de la fuite du monde par le malade. Nous sommes des athlètes de la souffrance, des virtuoses du retrait.

#7 Le mal radical

Fatigue : 6/10
Douleur : 6/10
Atteinte cognitive : 6/10
État d'esprit : Endurant

Depuis quelques semaines, je suis prête-plume pour Lulu, une femme formidable qui a survécu à l'Occupation, aux rafles, à la délation, à toute cette horreur pendant les années 1939-1945. Je travaille avec elle sur ses mémoires de la période pour les transformer en un récit universel. Je me souviens au début de notre collaboration avoir été presque déçu en apprenant qu'elle n'était pas une rescapée des camps de la mort, comme si j'allais manquer une opportunité d'approcher quelque chose d'absolu et de radical. Je me rappellerai toujours sa petite frimousse coquine, ses cheveux blonds par-dessus un visage plissé de rides si charmantes, si douces, je me rappellerai toujours son regard fort et malicieux, son esprit révolté et fier quand elle m'ouvrait la porte de chez elle pour nos rendez-vous. Nous avons dû nous voir une dizaine de fois avec sa petite-fille pour l'écouter nous narrer les épisodes importants de son histoire mouvementée pendant la guerre. Une petite dame de 91 ans, le visage marqué par les années, le regard tendre, mais intraitable, dont la voix toute fine un peu éraillée vous désarme d'honnêteté. Elles ne le voyaient pas, mais je souffrais le martyre, et j'ai manqué plus d'une fois m'évanouir de douleur pendant nos rencontres. Pourtant, en dépit de ma condition cachée, ou peut-être d'ailleurs grâce à elle, il fut possible que je laisse en moi un lieu pour elle et sa vie. Si bien qu'à écrire sa biographie, à m'imaginer vivre ce qu'elle a vécu, à l'interroger sur les faits, sur ses émotions, à frôler les larmes et la sidération – « Non, nous ne parlerons pas de ma tante aujourd'hui ; non, je ne peux plus raconter pourquoi elle est partie à Auschwitz aujourd'hui ; ni demain, c'est fini » –, cette phrase tournait en boucle dans ma tête, « Non, nous ne parlerons pas de ma tante aujourd'hui ; non, je ne peux plus raconter pourquoi elle est partie à

Auschwitz aujourd'hui ; ni demain, c'est fini. Je ne peux plus parler de la mort », j'aime à penser que nous avons là fondé un lien unique par-delà la vie et la mort. Car j'ai mis sa vie par écrit, j'ai sculpté dans le marbre les signes de son existence intrépide, nous avons convoqué dans ce tombeau l'esprit de tous nos morts. J'ai raconté comment elle a traversé la mort *et* la vie, comment elle s'est révoltée toute sa vie durant, jamais elle ne s'est couchée, toujours debout à tenir tête à l'agent de police vichyste, à l'Allemand voulant les emmener au STO, au Capital pendant les manifestations du Front populaire, aux hommes dans son engagement au Planning familial. Moi, le mourant narrant, au crépuscule de sa vie, l'existence de cette grande vivante. Comme le dirait Blanchot, que j'ai découvert bien trop tardivement dans cette vie souffrante : si, pour écrire, il faut que l'auteur se suspende, lui et sa vie, afin de travailler le néant et laisser la place à l'infini du texte, alors, a contrario, par ce récit aux tonalités testamentaires écrit au son de sa propre voix vivante et non à partir du vide, je nous ai peut-être rendus immortels, Lulu et moi. Je ne sais pas, peut-être ; l'idée me plaît en tous cas de penser que Lulu n'a pas parlé adossée à un tombeau vide l'attendant depuis toujours, mais bien plutôt arrimée à sa vie toujours présente et à jamais. Lors de notre dernière rencontre, apprenant que j'étais gravement malade et précipitais la fin de notre collaboration pour cette raison, elle me dit, assise sur son fauteuil, se tenant comme une reine, cheveux grisonnants mis en plis, jambes tendues et légèrement croisées, menton relevé, les paupières plissées :

« Alors ça, c'est la meilleure ! Non seulement je n'avais pas décelé un seul signe de maladie chez vous, mais à vous intéresser à l'existence d'une vieille dame à la fin de sa vie, comment aurais-je pu imaginer que vous n'étiez pas en assez bonne santé pour recevoir la gravité de ce que j'y raconte ?

— Vous savez, c'est peut-être tout l'inverse, c'est peut-être parce que je suis malade que je me suis intéressé à votre histoire pendant la Shoah. Et puis, Lulu, on avait dit qu'on se tutoyait, non ?

— Quelle étrange idée, alors. Oui, oui, bien sûr, on se tutoie.

— Depuis que je suis malade, j'œuvre au noir, je veux dire par là que non seulement je joue à l'alchimiste, mais que, plus encore, je travaille le noir au lieu qu'il me travaille.

— Je vois, je vois... Vous – tu es louche quand même, il ne faut pas être si sombre, voyons, mais je t'aime bien.

— Moi aussi, je vous aime bien.

— Je suis ravie, parce que tu as été formidable, et parler de tout cela m'a été très bénéfique, mais, toi, que cherchais-tu ? Ah ! quelle ironie, quelle tristesse !... Nous avons soixante ans d'écart, et j'ai l'impression d'être en meilleure forme que toi... »

Cette opportunité tombait à pic, je ne pouvais décemment pas le lui dire ; je voulais toucher du doigt la pénombre, celle que vous voulez imaginer sans l'expérimenter ; il me fallait m'approcher du mal radical, de l'histoire tragique d'une famille pendant la Seconde Guerre mondiale. Peut-être la violence que subit mon corps au quotidien m'aura-t-elle fait entrevoir la mort au bout du couloir, et par l'image de la Shoah m'aurait poussé à l'explorer.

Le sourire de Lulu, mon dieu, ce paradis, il y a mes incessantes tergiversations, mes errances dans les couloirs de l'hôpital, mes lacunes, mes manquements, mon besoin d'immunité et l'appel magique aux talismans, il y a cette langue affaiblie, et il y a le fait indubitable d'un événement incroyable : en me projetant en elle et elle en moi, Lulu m'avait rendu plus vivant que je ne l'étais.

#8 À l'hôpital

Fatigue : 6/10
Douleur : 4/10
Atteinte cognitive : 6/10
État d'esprit : Peur

Septembre 2018, dans le train pour le CHU d'Angers, je luttais de toutes mes forces contre l'endormissement, je ne voulais pas dormir, je ne pouvais plus dormir, je ne supportais plus de céder aux injonctions de ce métabolisme carbonisé, alors je lus, les yeux à demi ouverts en cramponnant le siège comme pour tenir la douleur ; j'avais ouvert mon ordinateur dans lequel j'avais téléchargé une thèse de doctorat de philosophie sur l'œuvre de Michel Henry, et je conversais alors avec celui qui avait passé son existence à parler de la vie.

C'était que j'avais quitté Paris difficilement. Bien qu'absolument nécessaire pour valider enfin un diagnostic, l'idée d'une hospitalisation m'était insupportable. La simple possibilité d'entrer dans ce monde blanc d'un neutre affolant, de me connecter à toutes leurs machines, tous leurs instruments, et de marcher dans ces couloirs aseptisés avec le risque bien réel de croiser la mort en passant devant la chambre d'un agonisant, cette simple idée sonnait en moi comme une sentence injuste et une énième malédiction à endurer. Ma mère avait beau tenter de me raisonner, de calmer cette angoisse, de remettre cette hospitalisation dans la perspective urgente du diagnostic en cours, elle avait beau me rappeler que je serais bien heureux de pouvoir enfin nommer le mal qui m'assassinait chaque jour, l'angoisse stridente, aiguë et piquante, résonnant en moi comme si elle se propageait dans un réseau cristallin, pure vibration se déplaçant comme un couteau le long d'une plaie déjà ouverte, cette angoisse donc, se refusait à toute espèce de rationalisation. Je m'imaginais envahi par ce blanc, cette peinture blanche, me voyais déjà comme une simple prothèse de la machine hospitalière fuyant le regard des autres résidents au risque de voir dans ces yeux l'aveu terrible d'une fin de vie programmée, sue, sûrement acceptée, et, de ce fait, transparente. Et cette transparence de la mort, non, je ne pouvais pas, pas encore.

Je pris donc le train. Seul. À ma grande surprise, les couloirs du service des maladies rares du CHU d'Angers se révélèrent vert pâle, soulagement, verts, mais déserts, et il m'apparut que la majorité des chambres étaient vides, tant le silence régnait. « Bonjour, il y a quelqu'un ? », ai-je clamé, assez fort, quelque peu agacé qu'un accueil n'ait pas été prévu ou qu'aucun infirmier ne déambulât pour m'attraper au passage et avertir de mon arrivée. Personne ne répondit. Ce silence n'était pas celui tant redouté de la mort, j'en étais ravi quoiqu'étonné (où étaient les malades ?), c'était autre chose, le silence du rien, peut-être. Il y avait le silence minéral des grands espaces, et puis celui des machines qui peuplaient l'hôpital, laissées çà et là, désœuvrées devant des chambres vides aux portes ouvertes, le silence de ce sol en lino, de la structure du bâtiment en béton, des néons aux lumières blafardes, de cette végétation synthétique qu'on apercevait à travers la fenêtre et qui avait été placée stratégiquement dans le champ de vision des malades. Comme après l'apocalypse donc, un silence de ruines abandonnées.

Alors j'ai continué mon avancée dans les couloirs vides durant plusieurs minutes, et ne pouvant garder la position debout longtemps, je me suis dirigé vers la salle des infirmiers, j'ai frappé à la porte, je suis entré : « Bonjour, je viens d'arriver. » Quelque peu interloqués, tous les infirmiers en pause me dévisagèrent. Puis : « Je dois être hospitalisé cet après-midi, y-a-t-il un accueil ici ? ou les malades doivent-ils attendre jusqu'à ce que... » Une jeune femme se leva alors que j'allais enchaîner par « mort s'ensuive » et m'indiqua, piquée au vif, qu'elle allait me prendre en charge. Je la remerciai, feignant la cordialité alors que j'étais au bord du malaise et agacé. Quoi qu'il en fût, je pus enfin prendre place dans ma chambre, et bientôt l'on m'expliqua le but de toutes les analyses que l'on allait me faire. Il s'agissait d'éliminer du tableau clinique des virus exotiques, des troubles du métabolisme du sucre, des dysfonctionnements dans la chimie cellulaire et mitochondriale, et, bien sûr, l'auto-immunité.

Le jour, on me perça de seringues, de tubes, de fils ; on piqua, on ne trouva pas les veines, on repiqua, je saignai, on s'excusa, on mesura, on calibra ; je pissai dans un tonneau, on pris le tonneau, on l'analysa, on le décortiqua. « Courage, c'est pour la bonne cause, dans quelques semaines, vous aurez sûrement enfin un diagnostic, un nom à votre mal anonyme. »

La nuit, au grand dam des infirmières qui venaient s'en alarmer à mon chevet, je ne dormais pas, creusé de l'intérieur par la faim que le jeûne forcé provoquait ; c'était bien cela, une provocation à mon corps qui hurlait déjà, même rassasié, et scindé par le tranchant de la peur de croiser la mort au bout du couloir ; je ne dormais pas, et je lisais Henry ; j'en répétais des formules que je trouvais puissantes et bien calibrées pour passer au statut de mantras ; tel un moine bouddhiste, j'anesthésiais le vrombissement de mon être en psalmodiant des ritournelles, dont celle-ci, venue de Husserl commentant Descartes et citée par Henry :

...

« *Je suis, cette vie est, je vis :* cogito[8]. »
« *Je suis, cette vie est, je vis :* cogito. »
« *Je suis, cette vie est, je vis :* cogito. »
« *Je suis, cette vie est, je vis :* cogito. »

...

Voilà un des talismans que je posai sur mon cœur, ce *palladium* de mon existence, et qui, par la force de la répétition et l'alliage de ses matériaux magiques, sembla un temps transmuter mon angoisse en puissance, et éclairer d'une lumière chaude cet environnement menaçant prêt à m'engloutir. Je me sentis alors de me lever du lit pour me dégourdir les membres, je me sentis d'aller marcher dans ce couloir sans fin ; la main sur le cœur, je chuchotai.

Trois heures du matin. Enfin de l'air ! Je réécoutai le tendre message vocal de ma mère, toujours là, toujours prévenante, mon accompagnatrice dans la descente aux enfers, pour me rappeler que je n'étais pas seul sur cette terre. Je pensai à ma sœur Sephora, en espérant que la simple évocation de son existence me servît de béquilles pour traverser le couloir.

Mais voici qu'il faisait froid sur cette petite terrasse qui s'était offerte à moi sur la gauche alors que j'avançais penaud le long du corridor. J'en pris acte et respirai un moment par grandes inspirations en regardant le ciel et m'imaginant là-haut sur un nuage à observer cette scène. Comme pour créer en moi de l'espace, je fixai aussi les étoiles pour tenter d'avaler l'écart entre le ciel et la terre et imprégner dans ma chair l'impression spacieuse de l'infini.

Immergé à nouveau dans le silence du couloir, je repris la marche vers ma chambre dont il fut difficile de retrouver l'emplacement dans ce dédale ; l'air était lourd, mes pas ne faisaient même pas de bruit et mon souffle restait imperceptible sur ce sol molletonné et sous cette lumière en demi-teinte, quand eut lieu enfin sous mes yeux la première scène de vie depuis des heures : un attroupement d'humains, des gens s'étaient agglutinés devant l'entrée d'une chambre.

M'approchant alors dangereusement, car il semblait que ma chambre se trouvait à quelques pas de la scène, un sourire mondain prêt aux convenances se dessina et monnaya son apparition par la fulgurance d'une froideur des entrailles : pourquoi rendre visite à un malade à trois heures du matin ? pourquoi venir en nombre ? pourquoi se tenir à l'entrée comme pour respecter une certaine intimité, ou, pire, garder la distance avec un innommable ?

Le regard d'une des petites dames ameutées s'entrechoqua avec le mien et sembla signifier, par sa nonchalance malheureuse, que le terrible avait eu lieu. En passant, je n'entrevis qu'une partie seulement – les membres inférieurs – d'un corps allongé sur son lit, au milieu d'une pièce évidée dans laquelle une terrible force semblait tenir à distance, au seuil, toute impudence de l'œil.

> « *Je suis, cette vie est, je vis :* cogito. »
> « *Je suis, cette vie est, je vis :* cogito. »
> « *Je suis, cette vie est, je vis :* cogito. »

De retour finalement dans ma chambre, je lâchai la main de mon cœur et de son talisman contre la peur. Car ce que je redoutais le plus avait eu lieu : la mort au bout du couloir. La menace, voilà, elle a eu lieu, cette femme est morte, c'est tout, rien d'autre à ajouter, ça a eu lieu, point, point final. Et pourtant, j'étais serein, d'une sérénité inquiétante, et peu de temps après, avec une grande facilité et un étonnement certain, je sombrai moi aussi dans un sommeil profond.

#9 Diagnostic, enfin !

Dieu que j'ai attendu ce moment depuis deux ans, ce moment où l'on me donnerait un nom de pathologie, où l'on me confirmerait que je n'invente pas mes symptômes ni mon mal-être, ce moment où je serais enfin reconnu par une institution et par la science, où je pourrais donner un nom à ceux qui me questionnent sur ce qui m'arrive. Le diagnostic portait en lui toutes ces promesses, et il les a tenues. Je ne suis pas fou, je suis malade, je souffre et cela a un nom. Mon identité est fracturée, ma vie est bouleversée, mon monde est balafré, je ne peux plus travailler, je ne peux plus socialiser, je souffre le martyre, mais je peux donner un nom et recouvrir cette catastrophe d'une appellation. Finie l'errance médicale, finie cette dérive sans fin sur la mer de l'inquiétude et de l'indétermination, finie cette vie dans l'abîme du soupçon tourné vers soi.

Je me souviens très bien, j'étais devant l'hôpital au sortir d'un énième examen. Je tenais à peine debout, et mon corps était envahi par une sorte d'incendie à bas bruit, mais j'étais soulagé de lire le courrier m'apprenant que je souffrais d'encéphalomyélite myalgique, mais d'un bonheur en demiteinte qui vira rapidement à la crise d'angoisse, car le peu de sécurité ontologique et de stabilité de l'identité personnelle qui me restait après deux ans d'errance vola en éclats, en considérant les propos du médecin : « Il n'y a pas encore de traitement, c'est une maladie complexe. »

Car le diagnostic porte généralement en lui une autre promesse, celle du soin. Mais ici, rien de cela. On m'explique qu'il faut que je fasse attention à mon enveloppe énergétique grâce à la méthode du *pacing* qui consiste à autogérer le rythme, la quantité et l'intensité des activités pour rester dans son enveloppe énergétique, à mon régime alimentaire pour ne pas provoquer d'inflammation. Voici quelques antihistaminiques, et puis bon courage à vous pour vivre l'enfer, on se revoit dans six mois !

#10 Bulletin

Prénom : Johann
Nom de famille : Margulies
Né le 06/11/1986
Âge : 32 ans.
Groupe sanguin : O+

L'interrogatoire révèle une fatigue physique et cognitive intense avec retentissement assez important sur les actes de la vie quotidienne et sur le plan professionnel. Les capacités fonctionnelles du patient sont nettement diminuées à un effort équivalent à 10-12 minutes de marche et/ou un maximum de 60 minutes d'activité intellectuelle légère dans les bons jours. Le dépassement de ces seuils résulte en des malaises profonds qui se caractérisent par l'accentuation de la fatigue, les douleurs musculaires et articulaires, les troubles cognitifs et l'apparition de céphalées invalidantes, nausées, vertiges, intolérance à la lumière, au bruit, avec manifestation d'angoisse fréquente. Ces malaises nécessitent une période longue de récupération allant de 2-3 jours à 2-3 semaines. Le sommeil est perturbé par des insomnies et des réveils fréquents et il est non réparateur. Les déficiences neurocognitives sont sous forme de difficultés du traitement de l'information, une perte de mémoire à court terme et des problèmes de concentration.

La symptomatique douloureuse comporte des céphalées, des douleurs rétro-oculaires, des myalgies, des arthralgies. Il existe des troubles moteurs (faiblesse musculaire, trémulation musculaire, perte d'équilibre en station debout) et des troubles de la perception neurosensorielle.

Avec son accord, le patient a été hospitalisé dans notre service pour un bilan auto-immun complet, une exploration métabolique, hormonale, nutritionnelle et infectieuse poussée, desquels il ressort qu'il remplit tous les critères de diagnostic de l'encéphalomyélite myalgique.

#11 Encéphalomyélite myalgique

« L'encéphalomyélite myalgique (EM) est une maladie chronique, inflammatoire, physique, neurologique et à médiation immunitaire qui présente des symptômes impliquant plusieurs systèmes corporels. Elle est fréquemment déclenchée par une infection virale ou un syndrome grippal. L'EM présente des symptômes au niveau du système nerveux central (SNC), du système nerveux autonome (SNA), du système immunitaire, du système cardio-vasculaire, du système endocrinien, du système digestif et du système musculo-squelettique[9]. »

Selon Michael Falk Hvidberg et d'autres chercheurs[10], l'EM a la qualité de vie la plus basse de tous les groupes de maladies chroniques, cancer, sclérose en plaques inclus.

On estime que plus de trois millions d'Européens[11] et des dizaines de millions de personnes dans le monde souffrent d'EM.

#12 Malaise post-effort et brouillard cérébral

Voilà un mois que je suis à Marrakech chez ma tante. Je pensais que le soleil et l'air sec me feraient un bien fou, mais depuis que je suis ici, c'est comme si mon énergie était drainée par un puits sans fond. Cela doit venir de l'alimentation, je ne vois que ça. Le plus inquiétant étant qu'il semble que mon atteinte cognitive ait décuplé. Pertes de mémoire, fatigue mentale et brouillard cérébral font plus que jamais partie de mon quotidien. Dire qu'on a un « brouillard cérébral » ne rend d'ailleurs vraiment pas justice à l'expérience. En réalité, cela veut dire qu'on est incapable de réfléchir et de penser. À mes pires moments, j'ai du mal à parler et à articuler correctement. C'est un peu comme être privé de sommeil pendant des jours, avec en prime une pression diffuse dans le crâne comme si quelque chose brûlait, sans qu'aucun repos, aucun sommeil ne puisse y remédier.

Mais ce n'est pas tout. Décidément, ce séjour signe une régression dans ma gestion de la maladie, car en marchant dans la rue pour rejoindre la synagogue de Marrakech, un symptôme nouveau fait son apparition. Je fais pourtant attention à ne pas trop marcher pour ne pas trop me fatiguer, mais d'un coup d'un seul, c'est comme si toutes les batteries de mon corps se vidaient, tous les symptômes apparaissent avec une intensité que je ne connaissais pas jusqu'alors, comme la sensation d'être empoisonné, et puis cet état grippal venu de nulle part. On dirait qu'un incendie s'est déclaré dans mon corps. Je dois m'asseoir d'urgence, je dois rentrer à la maison dormir sans délai, je dois cesser toute activité, mais je suis encore loin de la borne de taxi qui subitement me semble inaccessible, si inatteignable que je me demande tout bonnement si je vais être capable de rentrer chez moi. Je suis en train de vivre ce que, dans le jargon, on appelle *malaise post-effort*, quand on dépasse l'enveloppe énergétique que mes pauvres cellules peinent à produire, ce qui provoque une cascade de dérèglements immuno-métaboliques. Il me faudra des jours pour m'en remettre. J'atteins péniblement, au bout des quarante-cinq minutes les plus longues de ma vie, la borne de taxi et me rue – ou plutôt me traîne – jusqu'à l'appartement où je m'avachis sur un transat sur la terrasse, quelques heures, ivre de fatigue, ébloui par un soleil de plomb, mais maintenu en éveil par des fragrances étonnantes qui m'apparaissent ocres comme les maisons environnantes, des émanations d'épices à en réveiller tous les sens, et des effluences florales discrètes, séductrices, qui, pour moi, ne pouvaient être que la trace d'un bougainvillier ou d'une fleur d'oranger, tant vantés par ma grand-mère lorsqu'elle me narrait sa vie passée ici. Étourdi alors par une mélancolie subite révélée par le lieu, une force farouche qui happe l'esprit vers de tristes rêveries d'un passé à jamais passé, je me surprends à me laisser vagabonder vers des contrées désespérées, celles où les médecins refusent de soigner, où les associations de patients ne sont pas entendues, des étendues sèches de toute vie, le début du désert. Quand une femme habillée d'une longue tunique bleu foncé, le visage rayonnant de malice surmonté d'un joli turban mêlé à des bijoux fantaisie, les dents blanches contrastant avec son teint halé et ses tatouages au henné sur son visage si doux, fait son apparition devant la porte vitrée. Elle ne dit mot et maintient son sourire. Je ne dis mot et maintiens le mien. « *Salam wa aleïkoum*, Johann », me dit-elle avant d'être interrompue par ma tante qui nous a rejoints et me dit : « Johann, je te présente Fatiha. Fatiha est une sorcière, une divinatrice, une guérisseuse, une *chouafa*, comme on dit ici. On a parlé de l'impuissance de la médecine, on a dit que tu étais prêt à tout, alors voilà. »

#13 Où sont les malades ? Le désert

Quand on est atteint d'une maladie que la médecine ne guérit pas, on s'adonne à tout ce qui pourrait nous aider. Alors pourquoi pas un rituel de magie marocaine ?

Sans dire mot, la sorcière s'assied et sort de son sac des ingrédients et des objets qu'elle nomme en arabe, et un ami de ma tante comprenant que la séance de divination va commencer sans introduction aucune, s'assied à son tour et se met à tout traduire pour moi : cantharide, staphisaigre – ou herbe aux poux –, belladone, mandragore, *Datura stramonium*, barre en métal, caméléons et scarabées grillés. « J'ai besoin maintenant de toute ton âme », me traduit-il pendant que la sorcière me prend les mains amicalement et avec une tendresse surprenante. Elle sort un pendule d'une de ses poches et le fait balancer tout en psalmodiant en arabe des litanies étranges. Elle lève les yeux, me gratifie de son plus beau sourire et me dit :

« C'est bizarre, ce qui t'amène, ce n'est pas la recherche de guérison, c'est autre chose, comme si…

— Comme si… ? »

Elle réfléchit.

« Dis-lui que c'est vrai, je ne recherche plus spécialement la guérison, j'ai abandonné l'idée.

— Comme si… Elle dit que c'est assez effrayant, mais elle va quand même le dire : c'est comme si tu étais mort une fois tout en restant vivant et qu'il te fallait mourir une seconde fois, ici.

— Demande-lui si je vais guérir un jour.

— Elle dit que peut-être, oui, c'est possible qu'il y ait un jour un traitement, beaucoup de gens travaillent sur le sujet ; elle dit qu'elle peut t'enlever le mauvais œil qui t'a mis initialement dans cette situation, mais que ton chemin d'aujourd'hui n'est pas vers la guérison. Que tu es très chanceux d'avoir autant d'amour autour de toi, que c'est ainsi qu'on tient dans l'adversité. »

La *chouafa* se lève d'un coup, prend les sachets de caméléons et de scarabées grillés déposés sur la petite table de jardin, sort un briquet et les incendie – provoquant très rapidement un épais nuage de fumée. Elle m'intime de me lever, de me mettre torse nu, en caleçon. Je m'exécute sans broncher, sans questionner, étrangement confiant, soumis à son docte savoir mystique, et étonné de ce soudain sentiment d'être hors du temps ; elle se met alors à tourner autour de moi en bougeant les bras de bas en haut pour que tout mon corps soit imbibé de cette fumée étouffante. À la fin de la séance, elle me donne une fiole et me dit de me laver avec son contenu pour en finir une bonne fois pour toutes avec ce mauvais œil.

Implosé, je me suis finalement endormi et j'ai rêvé, d'un rêve si intense que je vais le raconter, suivant par là le conseil de Cornelius Castoriadis de donner de l'importance à une mélodie, un rêve, un poème, un fantasme : ces choses fluantes, légères, immatérielles, d'habitude dévalorisées pour leur inconsistance, ont elles aussi une dignité ontologique, mieux, elles sont des instances premières de la vérité. Alors voilà l'étrange vérité qui s'est révélée à moi et que je tiens pour lucide sur l'état maladif :

D'Errachidia, je me vois prendre un taxi avec mon amie Mayssa, traversant l'immensité aride des terres bédouines pour rejoindre un hôtel à l'orée du désert de Merzouga. Malgré la chaleur, l'air est sec, et mon système immunitaire semble l'apprécier, alors, à ma grande surprise, je ne me suis pas encore évanoui.

Sur le coup de dix-huit heures, alors que le soleil commence à s'adoucir, je somnole, exténué, dans notre petit hôtel donnant vue sur un paysage aride, ocre, inquiétant et libérateur, parsemé de quelques végétations jalonnant le chemin vers les dunes, si proches, si proches que lorsque le vent du désert vient taper sur les fenêtres de nos petites chambres, c'est l'odeur minérale du sable chaud qui s'empare de nos sens, comme un doux feu infiltrant nos poumons et tenant en lui la promesse immémoriale et fantastique d'une traversée du désert extatique.

Minuit sonne. Je me vois me lever brusquement, croyant avoir entendu au loin une voix m'appeler. Mayssa dort à poings fermés. J'avale rapidement le plat qu'elle m'a gentiment laissé de côté, m'habille et décide de sortir goûter l'air nocturne de Merzouga endormi. Pas un bruit, pas un son, pas même un bruit d'animal : un silence glaçant, le silence du minéral. Alors, je marche, moi qui ne tiens pas debout, je marche, sans me soucier de mes douleurs, je marche pieds nus sur cette terre ravagée par le soleil, et je l'embrasse, cette terre primordiale, d'un baiser qui ne signifie ni amour ni merci, mais bien plutôt adieu, à Dieu, à une quelconque figure qui s'en approche et qui peut signifier l'absolu.

Sans m'en rendre compte, je me suis déjà bien éloigné de la zone touristique et, toujours à l'orée du désert et sous un ciel étoilé écrasant, je me trouve alors devant des espaces vierges, accidentés, sinueux, mais intacts, comme si une montagne avait ici longtemps hésité à s'ériger. Mon regard est alors happé par ce qui ressemble à un tout petit village, mais en m'approchant dans l'obscurité de la nuit, il me semble plutôt entrevoir comme un espace sacré, entouré d'une petite muraille faite de terre séchée, dont l'entrée consiste en une simple porte en métal à double battant encastrée de part et d'autre dans la muraille peinte à cet endroit spécifique en bleu et blanc. Un monsieur – en un uniforme qui me semble officiel –, un gardien n'inspirant aucune crainte, dort sur le rebord de l'enceinte, accoudé à un panneau indiquant « cimetière juif – interdiction de passer selon la loi en vigueur ». Malgré l'interdiction, je passe naturellement le pas de la porte, narguant la loi, et, comme si on m'y attendait depuis l'éternité, je prends de suite sur la gauche de très jolis escaliers bleus décorés de mosaïques apaisantes et cernés de rampes blanches, qui montent jusqu'à un petit promontoire, lui aussi peint de bleu et de blanc. De là, la vue est spectaculaire. Des centaines de tombes peintes en blanc, offrant une élégance sobre à ce lieu austère, peuplent le champ de vision clarifié par des flambeaux jalonnant chaque rangée.

Un homme se tient là. C'est moi.

C'est une bouffée de fatigue qui me prend d'un coup, accompagnée d'un vertige nauséeux, et alors qu'il s'apprête à ouvrir sa gueule qui semble donner vers les plus sombres profondeurs, je ne suis plus en mesure de distinguer ce qui relève de l'hallucination, du rêve et du réel. Les événements arrivent comme à un autre. Il me semble qu'il me parle, mais ce qui parvient à mes oreilles n'est que du charabia, comme une voix exagérément ralentie, et de ce fait incompréhensible. Dans ce flot ininterrompu de couleurs et d'objets en révolution formant dans mon champ de vision des lignes fluorescentes, j'arrive cependant à maintenir mon attention sur ce sombre clone me tendant maintenant un miroir qui n'est autre que son propre visage, se mettant ainsi à me refléter, mais aussi à déployer devant moi une suite sans fin de mes doubles mis en abyme par le jeu de la réflexion, exactement comme dans une scène à la fin du roman *Chaîne ou le Retour du phénix*, dans laquelle Kanaan rencontre l'infinité de ses jumeaux par miroir interposé.

Impuissant à m'extraire de ce va-et-vient entre les deux infinis, comme porté par une nouvelle énergie puisée dans la mystique du lieu, je suis transporté fièrement, quoique malgré moi, en dehors du cimetière, accompagné d'un cortège de voix bavardes et d'échos persistants, cimetière dont je n'oublie pas en partant de bien saluer entre deux ronflements le gardien endormi.

Me voici maintenant marchant à la lumière des torches plantées dans le sable du camp touareg ; je marche, je marche, oubliant que, encore quelques heures auparavant, il me fallait une chaise roulante pour me déplacer sur de longues distances ; je marche le long des dunes éclairées par la lune dans un clair-obscur pesant. Alors que je marche, jouissant toujours plus de la sensation du sable encore chaud sous mes pieds, riant du jeu des ombres, des variations subtiles du vent, de la musique discrète des dunes, semblant toujours plus me délester de tous mes attributs, passant d'homme à animal, d'animal à végétal, de végétal à minéral, de minéral à homme, et d'homme à ange, portant mes restes et mes cendres à bout de bras, oscillant dans les pôles tournoyants de la vie et de la mort. Alors qu'il m'apparaît désormais comme patent que cette traversée équivaut à mon être décharné, requiert une immersion totale et l'abandon pur et simple du monde, je me rends compte que, finalement, je me suis progressivement allégé de tous mes vêtements, enfin prêt à accueillir dans une ultime épiphanie toutes les vérités et tous les secrets. Voilà que les dunes semblent avoir disparu, que le relief s'est aplani. Voilà que la lune s'est voilée et l'horizon évanoui. Voilà que le vent a cessé et que le sol sous mes pieds semble s'être dérobé. Voilà qu'il semble que j'ai atteint le désert du désert lui-même. Où suis-je ? Et pourquoi ai-je cette impression que ma personne a été distillée comme dans un alambic, de la mort jusqu'à la liqueur la plus précieuse de la vie ? Où suis-je ? Suis-je ? Est-ce bien un lieu, alors que lorsque je fais un pas en avant, il semble que je recule ? que lorsque je me touche, c'est du sable qui glisse entre mes mains ? que le temps pour moi dans l'extrême souffrance suspendu par la maladie, fait qu'ainsi, le début et la fin, le faire-part et l'épitaphe, ne s'offrent plus à moi que comme le pli d'une même éternité ? Égale le berceau, égale le tombeau, et réciproquement. Enfin, au-delà du deuil, le repos.

#14 Lettre au psy : le suicide

Cher Monsieur,

Je vous remercie d'avoir bien accepté de remplacer notre séance de ce jour par une correspondance. J'étais beaucoup trop faible pour me déplacer aujourd'hui, et pour tout vous dire, j'étais paralysé à en devenir fou par l'idée de mourir. Enfin, plutôt à l'idée de perdre tout horizon et de succomber à l'appel du suicide. J'ai lu un rapport sur cette fichue maladie – l'encéphalomyélite myalgique –, et dans ce rapport, il est question de différents taux de morbidité : 1) complications, 2) maladies opportunes, 3) suicide. Et quand j'ai vu « suicide » et le taux correspondant, j'ai eu une bouffée d'angoisse. Et si j'en arrivais un jour à considérer cette option comme désirable ? parce que je souffre d'une maladie que la médecine ne guérit pas encore.

Trente minutes de chez moi, métro Saint-Placide, 55 euros la séance, deux séances par semaine, puis une, puis par téléphone, plus de quatre ans de face à face, de silences, de gêne, de rires, de tensions, des défilés de spectres et de fantômes m'ayant pris pour leur crypte, de monstres en tout genre squattant en moi, l'envie fréquente de vous frapper, de vous hurler dessus, vous qui refusez de me suivre en thérapie de soutien face à la maladie. « Le travail que nous faisons pourra être à même de vous soutenir dans l'épreuve, mais il est plus large, et ce n'est pas son orientation première », m'avez-vous dit ; vous avez très certainement raison. Et je repense en vous écrivant à un échange que nous avons eu récemment : « Pourquoi continuez-vous la psychanalyse si vous passez votre temps à la critiquer, à dire que vous n'en avez pas besoin ? — Je ne sais pas, je vous l'ai déjà dit. — Je pense que vous savez. — Oui, je le sais, peut-être, parce que je suis venu ici pensant que j'étais fou alors que j'étais malade, organiquement, peut-être aussi car je n'ai pas le courage d'arrêter, parce que j'ai peur, parce que je pense que je n'ai pas encore atteint ce que je voulais atteindre. — Et si ce que vous cherchez était inatteignable ? »

Et je me rappelle la discussion qui a suivi et que j'aimerais compléter aujourd'hui. Je vous ai dit que tout le monde m'avait abandonné. Vous m'avez demandé pourquoi je ressentais ce que m'ont fait ces gens comme de l'abandon, et je n'ai pas su sur le moment vous répondre. Eh bien, je le peux aujourd'hui. La plupart de mes problèmes relationnels sont dus au fait que les gens sous-estiment à quel point je suis malade et se sentent blessés lorsque je ne réponds pas à leurs attentes. Ils croient que la raréfaction de mes liens sociaux signifie que je me fous de leurs attentes et de nos liens. Mais je m'en soucie ! Non, le problème, c'est que peu de gens ont pris la peine de se soucier de ma situation, de la comprendre dans sa complexité, et ont laissé notre relation mourir. Vous m'auriez répondu, et vous auriez eu raison, que ce n'est pas facile pour tout le monde de faire face ainsi à la violence de ce que je vis. Cela fait peur à beaucoup de gens, cela leur rappelle leur propre faiblesse, leur propre manquement. Mais je ne leur ai pas demandé de devenir médecins, ni psychologues, ni assistants sociaux, je ne leur ai pas demandé de compenser quoi que ce soit à ce que je vis. Je ne leur ai rien demandé d'ailleurs, à part peut-être, en prière, de rester. Pourquoi n'ont-ils pas voulu rester ? J'ai observé, muet, leur désertion. Trahison. Abandon. Ils m'ont laissé seul face à la loi implacable de la souffrance. Seul. Voilà ce que j'ai vu. Ce n'est pas la vision de l'amitié que j'avais. C'est peut-être cela, la modernité, d'ailleurs : laisser souffrir, et éventuellement mourir, des proches, car le malade, la personne handicapée, l'agonisant, le senior, tous ont le malheur d'incarner la négativité dans l'existence du moderne qui ne jure que par regarder de l'avant, vers le futur et sa positivité. C'est peut-être cela alors, une personne vulnérable : la part maudite du moderne, son double faisant signe vers la mortalité de tout un chacun. Je suis devenu leur talisman contre la mort. En m'abandonnant à mon sort, ils pensaient aussi abandonner leur mort. Être, c'est être abandonné. Ils me l'ont enseigné. Quel genre d'humain laisse un ami seul face à l'horreur ? Vous m'auriez alors demandé : « Peut-être auriez-vous dû justement demander quelque chose ? Comme de l'aide ? Assumer ouvertement votre état de grande détresse ? » Et je vous aurais répondu que non. Je ne demande pas de l'aide, merci de me laisser un peu de ma dignité. La situation est assez claire, assez évidente pour que je n'aie rien à demander aux gens qui disaient m'aimer. Peut-être la situation est-elle juste trop claire, trop brillante, peut-être est-elle aveuglante – si elle l'est pour moi, alors elle a bien dû l'être pour d'autres, je l'admets volontiers, et c'est bien pour cela que je ne demande rien à personne ; chacun a sa vie, ses emmerdes, ses problèmes ; mais rester ébloui pendant trois ans… Comprenez que j'ai déjà assez à faire avec moi-même pour me soucier des petites tracasseries coupables que ma condition provoque chez autrui. Que ceux qui souhaitent rester à mes côtés souffrent un peu avec moi, et je ferais tout pour alléger la part de fardeau qu'ils accepteraient de porter. Que ceux qui le refusent déguerpissent et gardent pour eux leur lâcheté. J'ai prié pour qu'ils restent, dorénavant, je les maudis. Vous m'auriez alors dit, je le sais : « Pourtant si vous m'en parlez, c'est que vous souffrez de ce sentiment d'abandon. » Bien sûr que j'en souffre. Une amitié, c'est une petite communauté à deux. On forme une petite totalité qui se prend pour l'infini et possède, en théorie, les ressources de terrasser le tragique. Enfin, c'est toujours comme ça que j'ai vu les choses. Alors, oui, je souffre, la rupture d'amitié, c'est à chaque fois la fin d'un monde. Mais vous savez, il y a quelque chose de l'ordre du plaisir aussi. Le sentiment de grandir, de s'enrichir dans la perte, s'enrichir de la perte, c'est étrange, comprendre la valeur de ce qui reste, de ceux qui restent, l'inestimable trésor de ce qui défie la destruction, oui, il peut y avoir du plaisir. Comme dans ce rêve où je suis le Christ en souffrance sur sa croix ; des gens viennent pour s'abreuver de mon sang qui coule, mais aucun n'arrive à y boire ; d'autres essaient de me blesser encore pour faire couler plus de sang, à récolter, mais en vain. Seul un serpent tout sourire arrive discrètement à s'approcher de mes stigmates, me regarde, me demande : « Comment ? Toi ici, Johann ? », avant de s'abreuver de la rouge liqueur. Il jouit, le coquin, ça semble lui donner beaucoup de plaisir, et à moi aussi.

Je sais qu'à vous raconter ce drôle de rêve, vous avez marqué une pause dans la lecture. Le plaisir dans la souffrance, la figure du serpent, l'insaisissable fait animal, voilà de quoi faire bander tout psychanalyste qui se respecte.

Je crois que ce plaisir que je découvre à souffrir, c'est le plaisir de découvrir chaque jour une autre dimension de la vie, vous voyez ? Je crois bien que quelque chose de profond et de quasiment révolutionnaire me parle quand mon corps hurle à la mort. Oui, révolutionnaire ; ma vie s'est retournée sur elle-même ; je ne sais pas, c'est comme si, d'un coup, je venais de m'épaissir d'une dimension inversée. J'ai parfois l'impression qu'il faut aller encore plus loin, pour suspendre vraiment le monde, les autres, la société, toucher le fond, le fond du fond, en direction de l'absolu qui semble m'appeler irrésistiblement sans que je puisse réellement le retrouver. Et étant donné que la seule philosophie qui s'intéresse à la suspension et à la réduction du monde, c'est la phénoménologie, voilà, vous savez maintenant ce que je lis : Henry, Derrida et Levinas. Voilà, bon, le fond du fond, c'est inatteignable, et en réalité, ce n'est pas vraiment souhaitable, je deviens mystique somme toute.

Je me rappelle le jour où j'ai cru que votre femme et votre fils venaient vous rendre visite lorsque l'on frappa alors à la porte de votre cabinet. Encore et toujours, donner la vie semble me hanter. Dialogue récurrent, l'éternel retour du même, de simagrées en onomatopées, nous avons longtemps continué cette ronde incessante de semblants, de faux-semblants, de lapsus, de transferts et de contre-transferts, si bien que, le temps passant, c'est comme si l'analyse était de trop, comme si elle prenait en moi la place de l'écriture ; il paraît que le lieu que je réservais à ce travail toujours plus fuyant était précisément, exactement, irrémédiablement, l'espace que je devais faire en moi, l'espace à aménager pour écrire sur la mort, sur la vie. Mais pour l'heure, c'en est de trop. Je suis fatigué de passer ma vie à convoquer, dialoguer, sermonner, conjurer, exorciser des fantômes, car, à chaque exorcisme, après chaque rituel, d'autres fantômes apparaissent de plus belle, occupant l'espace laissé vacant par le démon évacué ; alors, agacé de chercher à trouver l'introuvable, à rassembler tout ce qui est éparpillé dans ce bordel de souvenirs crasseux, dépotoir de vieilleries kitsch et de niaiseries épuisantes, à croire que je pourrais retrouver par suspension l'unité perdue d'une existence tordue, le cœur, le joyau, l'essence pure : le moi pur, ma vie ; fatigué et révolté donc, j'ai décidé un jour de prendre de la hauteur, voyez-vous. Comme le personnage principal du roman Chaîne ou le Retour du phénix, *du nom de Kanaan, que ma sœur chérie m'a offert avec l'intuition géniale qu'il me serait utile dans mon chemin de croix vers la résurrection, livre qui m'a accompagné durant tous mes séjours. Kanaan comprend que sa thérapie arrive à son terme après avoir saisi la signification d'un rêve clef. Il fallait que je prenne de la hauteur, comme lui, sans réfléchir, direction Montmartre, comme lui.*

Ma carcasse poisseuse se refuse à l'effort, mais je persiste, je n'ai plus de souffle, je ne sens plus mes jambes, mais je grimpe les escaliers. J'ignore comment je suis arrivé jusqu'en haut, avec cette chair flétrie. Mon téléphone n'arrête pas de sonner : ma mère, inquiète, ma sœur, perplexe. Que la vue est saisissante quand on s'élève ! Quel est ce sentiment de liberté à s'imaginer, par la prise de hauteur, libre de ce parc humain que l'on voit en contrebas, détaché de ses contraintes, de ses règles et de la vacuité de ses aspirations de bétail oubliant sa propre domestication ? Ma vision se trouble. Je ne sens plus mon corps. Monter les marches était de trop. M'arrivent à l'esprit des bruits indiscernables, des lumières floues que j'imagine rétrospectivement être le miroitement distant des bâtiments de la ville en contrebas.

Mon discours se perfore et sa continuité est maintenant parsemée de trous et de blancs. Ô qu'il est plaisant de sentir le vide à portée de mains ! Je repense à Kanaan, le héros donc de Chaîne, *Kanaan, un migrant africain errant dans le Paris nocturne des années 70, désespéré, dépassé, dépité devant le non-sens de la vie pauvre, sale et exploitée qu'il mène. Lui aussi a hésité à sauter de la balustrade à Montmartre face à l'appel de l'abîme. C'est lui, alors que j'avais le roman dans ma sacoche, qui m'a poussé jusqu'ici à l'imiter, à frôler le suicide. J'ai envie de m'y suspendre, tiens, à cette balustrade devant le Sacré-Cœur. Mais, d'ailleurs, Kanaan n'a-t-il pas lui aussi entendu des voix de son enfance, peut-être celle d'un chamane, à l'instant de sa mort ?*

Je suis si fatigué.

Les dalles sont si fraîches en hiver. Le froid pénètre mon visage, je le sens dans mes os. J'ai mal. Je suis tombé. Je ne vois plus l'église, le champ de vision s'est retourné. J'ai la tête collée à la dalle fraîche au sol. Comment pourrais-je me suicider ? Je suis déjà mort, d'une mort infiniment retardée et pourtant déjà arrivée.

#15 Les reliques du passé

Juin 2018. J'écris ces lignes sur la promenade des Anglais, assis sur ces chaises bleues si inconfortables, face à la mer étonnante de clarté. L'écart patent entre la réalité du monde et cette vie qui, à mes oreilles, hurlent ces sons inouïs devenus progressivement insupportables. Le bruit ambiant m'est insoutenable, la lumière est trop forte, la fatigue se transforme en ivresse, mais je persiste, je signe, j'écris, je continue. À la patience des mois de silence à endurer, à forger mes talismans pour conjurer le mal succéda, évidemment, l'urgence de la création, le temps du bilan.

Je logeais dans le petit appartement d'une des sœurs de ma grand-mère. À quelques minutes seulement de la plage, calme et isolé, doté d'un balcon bien exposé, il y régnait une ambiance insolite. Comme si j'avais transmuté sa sauvagerie en petite urbanité, ce froid en été, ce besoin d'évasion en retour aux origines, en ne perdant pas pour autant mon *palladium* ultime pour temps de ruines : être au bord, écrire au bord, au bord de, au bord du précipice, au bord de la mer, et bientôt je l'espère, au bord des flammes. Écrire au bord de n'importe quoi, pourvu qu'il y ait un bord, écrire au bord comme mon cœur parfois crie au bord des larmes. Obsession des contours, jalousie des limites, érotisme des bordures, que dis-je, folie de la périphérie. Je me prenais pour Sylvain Tesson, vraiment, simplement un Tesson malade, donc impotent, incapable de crapahuter, de mener *Une vie à coucher dehors*, impossible pour ce Tesson de grimper ou de trop voyager. Un Tesson, ça s'évade vers l'immensité du monde. Moi aussi, mais vers les menaçantes profondeurs intimes. La solitude de ma vie asociale se supportait alors avec l'espoir de produire ; je m'imaginais des heures durant écrire sur ma table au soleil levant et lire comme un fou, pour danser avec eux, les Titans. C'est sur la petite table dans le salon ou sur les transats illuminés que j'ai écrit mes fragments les plus philosophiques après avoir confectionné, au gré de séances de magie, quelques talismans. Il me fallut alors bafouer le premier commandement de son intégrité, car il m'était impossible de garder ce texte dans le secret caché.

C'est terrible de la montrer dans toute sa nudité, l'œuvre, de la montrer inachevée, fragmentée. C'est terrible, cette honte qu'elle doit ressentir d'être ainsi violée. Cela a dû être terrible pour elle de se faire avorter, comme ça, pour céder aux durs caprices d'un homme insécure. Mais comme un ruminant, je devais mâcher les mots. Les régurgiter et les cracher pour les mâcher à nouveau. Pardon. J'ai ouvert le tombeau de mon corps de papier. Pardon. Il le fallait. Car si je voulais, dans ce nid, brûler mes ailes, je devais m'assurer que le sépulcre en devenir ne fût pas, par la maladie, capable de faiblir. Il me fallait donc la montrer à une amie. Quelle niaiserie, car le sépulcre allait déjà s'effondrer. C'était sa promesse. Il ne pouvait qu'être un simple « monument d'un tombeau impossible », comme le disait Derrida du motif de la cendre, branlant, incomplet, friable, évanescent comme cendre au vent, se disséminant à l'infini sans promettre un retour du feu, en somme une « rébellion contre phénix », lui refusant l'éternel retour de la combustion. Mais je ne l'ai compris que bien plus tard. Je n'ai compris que bien plus tard que ce tombeau serait vide de ma présence pleine et entière, rempli de cendres et d'échos, et qu'à peine serait-il permis de s'adosser contre la pierre tombale pour écouter le chant disgracieux de la complainte des ombres. Mais pour l'heure, comme souvent depuis, toujours attaché à l'espoir du phénix, j'envoyai donc ce texte par email à mon amie Mayssa, et comme toujours, elle me répondit de ses conseils avisés et de sa joie manifestée. Mais qui est-elle pour que je la laisse ainsi s'immiscer ? La chose est encore plus déroutante : qui est-elle pour qu'à chaque pas, à chaque avancée, je lui tende la main ? D'où vient cette évidence que cette traversée se fasse avec Mayssa – accompagné –, et que dans les marges – incrusté –, ce soit grâce à son regard en filigrane qu'une page soit ajoutée ?

Il y avait aussi Leslie que je retrouvais sur Facebook tous les soirs, au retour de la plage.

Je mangeais, je me reposais et je filais dans ma baignoire me prélasser, reposer ce corps cassé, et ainsi passer ma soirée à discuter, téléphone en main. Nous militions ensemble dans la même association à Sciences Po en 2010, mais nous nous sommes véritablement rencontrés un soir de février 2016. Elle devait être chez elle, face à son ordinateur. Je marchais, transi par le froid et l'humidité, dans les rues de Trouville, à la recherche d'un lieu sauf, d'un sanctuaire où demander l'asile, après avoir palpé sur la plage, le long de la mer, la puissance des dieux cachés. J'avais donc naturellement atterri dans une librairie. Cela faisait peut-être deux heures que j'étais assis entre les rayonnages quand mon téléphone s'était mis à vibrer. Ma page Facebook d'auteur avait reçu un message d'une personne qui commentait un article que j'avais publié dans une revue. Leslie m'avait écrit des pages et des pages pour comprendre quel avait été mon chemin parcouru depuis les bancs de l'école jusqu'à ce texte, comment j'en étais venu à invoquer Nietzsche, pourquoi j'étais devenu si antimoderne, et d'où diable venait mon cynisme exacerbé. Depuis ce jour, et ce pendant longtemps, nous avons parlé des heures durant de poésie, de littérature, de philosophie ; je lui faisais des résumés de mes lectures, elle m'entretenait de ses découvertes ; je lui demandais conseil sur mes textes, elle me faisait part de ses plus beaux versets.

Il y avait aussi Amélie. Rencontrée également à Sciences Po, nous nous étions perdus de vue jusqu'à ce que la maladie nous rapproche. Souffrante elle aussi d'un mal étrange, sans nom, donc sans cause, Facebook a joué un temps pour nous le lieu d'échanges agréables sur nos débandades respectives.

Ce matin-là, à peine la lueur du jour avait commencé à filtrer à travers les volets de la petite chambre, secouant par petits rayons progressifs le confort de mon demi-sommeil, molletonné dans un état encore sans douleur, bulle de félicité avant cette longue épreuve qu'est le jour, à peine quelques grains de lumière venaient donc exiger le retour dans le réel, que l'exigence d'aller à la rencontre de ma famille qui résidait à Nice s'empara de mon moi en éveil. Dans cet entre-deux vaporeux avant le plein retour de la conscience, certains peuvent ressentir la grâce des états en suspension, quant à moi, les ombres révélées par la nouvelle clarté, dessinant des silhouettes lentement projetées sur mon lit, remontant dangereusement jusqu'à mon visage, semblaient tout en glissant, tel un patient serpent, chuchoter sur ma peau des litanies étranges. Alors, je me mis à repenser aux étés de mon enfance à Nice. Alors, seulement, des souvenirs affluèrent, comme s'ils avaient attendu ma descente aux enfers pour signaler leur présence, comme s'il avait fallu que je n'attende plus rien de la médecine, de l'amitié, de la vie en société, de l'existence, que je baisse les armes, pour que, dans la pénombre entre les mondes, ils me prennent à la gorge exigeant leur dû. Je me trouvais au croisement étrange de l'archéologie personnelle et de la descente aux enfers pathologique. Il m'était devenu urgent d'aller jusqu'au bout de ce pèlerinage mémoriel. Je me suis finalement réveillé de cette étrange nuit comme harassé par les reliques du passé, donc avec la ferme intention d'appeler ma grand-tante Titi.

J'ai réussi à traîner mon corps jusqu'au nord de la ville. Une petite dame voûtée et au regard triste m'ouvrit la porte. « Mon fils ! Je ne t'aurais pas reconnu avec cette barbe ! Mais dis-moi, tu es en deuil ? Entre donc. » Ce n'est pas que le temps avait passé, c'est qu'il lui avait roulé dessus à grande vitesse, passant sur son corps, écrasant de tout son poids le sourire et l'insouciance de la Titi de mon enfance. Elle semblait affaiblie, assommée par la douleur ; la souffrance avait creusé des sillons sur son visage, dans lesquels les larmes semblaient avoir coulé à flots depuis que son mari Prosper était décédé. Mais je sentais que ma présence apportait son lot de réjouissances et apaiserait temporairement les louvoiements de son esprit meurtri. Nous nous sommes installés au salon. Elle a, je m'y attendais, immédiatement ouvert des albums photo qu'elle avait méticuleusement disposés sur la table basse du salon sitôt lui avais-je par téléphone annoncé mon arrivée. Alors, ni une ni deux, nous avons commencé à les feuilleter, traversant tous deux, dans le silence du respect, les méandres du bonheur passé.

J'ai marché longtemps sur la promenade des Anglais après avoir pris congé de Titi. J'ai marché jusqu'à ce que ma carcasse semblât s'affaisser, mes articulations se déboiter, mes muscles s'incendier et ma conscience s'altérer. Sensation étrange d'être empoisonné, d'avoir comme une grippe, mais je continuai. Il me fallait remettre mes pas dans ceux des ombres familiales qui jadis, le long de la mer, se baladaient, portant dans leur bras un petit garçon insouciant du destin assombri qui l'attendait. Dans la maladie, ce n'est jamais seulement le corps qui est malade, c'est tout l'être qui est atteint. La maladie, c'est une expérience ontologique. Alors, bien que j'aie largement dépassé mes limites physiques, je peux le dire : ce soir-là, j'ai pansé quelques blessures de mon être.

#16 Les aidants

Janvier 2019, je suis encore moi.

Rien n'a changé. Toujours moi. Encore moi, dans ce corps.

Je me réveille à 9 h 30.

La gravité du sommeil me cloue au lit encore une heure, le temps pour le corps d'évacuer la torpeur et pour l'esprit de trouver le courage d'affronter une nouvelle journée en enfer.

10 h 30. L'ectoplasme que je suis se drape d'une polaire et protège ses yeux de la lumière matinale par des lunettes de soleil.

Des bruits de voiture rugissent au loin alors que le soleil peine à percer les nuages. Souvent, des chants d'oiseau de concert avec l'égouttement des canalisations ponctuent ce début de matinée pendant laquelle la ville se lève et s'active.

Réveil en douceur pour chaque organe, pour chaque fonction biologique, sous peine que, brusqués, ils se braquent et désespèrent la chair de tourments délétères. Depuis que le diagnostic a été posé, depuis donc que mon état a enfin été objectivé et mon âme par la même rassurée, je suis scrupuleusement tous les conseils de l'équipe médicale faisant de ma vie un désert monacal.

Ne pas marcher plus de dix minutes. Ne pas manger de lactose, de glucides, de gluten. Ne pas tenir une activité intellectuelle plus de trente minutes. Se reposer deux à trois heures entre chaque activité. Quitter les zones humides. Porter des boules Quies, lunettes de soleil et casque anti-bruit. Éviter la surcharge de stimuli sensoriels. En bref, autant que faire se peut : ne pas vivre, car vivre, c'est déjà de trop pour ce corps.

C'est enfin l'heure des médicaments. Vitamine C, deux grammes pour commencer, en version liposoluble, c'est-à-dire en version mielleuse, ton orange, qu'il faut gober dans un verre d'eau, le ventre à jeun, pour que les liposphères qui entourent la substance active l'escortent sans encombre jusqu'à l'intestin, bravant l'acidité de l'estomac, pour se retrouver dare-dare dans le sang, puis venir soutenir les cellules, où manifestement depuis que j'en consomme, quelque chose semble avoir retrouvé un semblant de vie.

12 heures : Vitamine B12, vitamine E, probiotiques, acide folique, acides aminés.

Il n'y a toujours pas de traitement curatif : les autorités se fichent de cette maladie, les médecins dans leur ensemble l'ignorent toujours, ses causes sont encore obscures, alors on fait ce que l'on peut avec les compléments alimentaires.

Puis s'ensuit toujours un rituel bien réglé. Je sirote un déca en écoutant Natacha Polony se rire de l'indigence des arguments d'européistes de tous bords, des curés du libre-échange, des mercenaires du néolibéralisme et aussi, souvent, tenter de prouver que la gauche n'a pas d'avenir si elle continue de s'extasier de mesures aussi urgentes qu'infantilisantes, comme l'interdiction de la fessée.

Mon iPhone est toujours à portée de main pour parler, rire de bon de cœur avec mon amie Mayssa.

Je scrute Twitter, d'ailleurs, au cas où je tomberais sur un tweet qui pourrait achever de me réveiller par sa stupidité ou son outrance, et qui appellerait de ma part une réponse cinglante, si possible avec esprit.

Le malaise n'étant jamais loin à multiplier les activités sur la longueur, mon corps opte vite pour la position allongée, retour au fœtus, toujours iPhone à la main afin de simuler que quelque chose chez moi reste bien de ce monde-là.

Quand j'habitais encore seul, sur les coups de midi, il m'arrivait souvent de ne plus tenir, je veux dire, un phénomène prenait souvent place dans mon corps, comme un impératif catégorique, un onzième commandement de l'enfer, qui m'intimait, par une contorsion interne, un mouvement incendiaire global, de m'arrêter, de fermer les yeux, et de me réveiller deux heures plus tard au son de la voix de Roselyne Bachelot. Depuis que j'ai abandonné toute velléité de maintenir les apparences en gardant mon appartement, et en décidant de retourner chez mes parents, allégé des responsabilités et des contraintes quotidiennes, heureusement ce genre d'épisodes de crash complet est devenu rare, voire inexistant. Il est remplacé par des moments en apesanteur dans la tendresse avec ma mère ou dans l'humour salvateur avec mon père. Les aidants sont les piliers de ma vie.

13 heures. Deuxième prise de vitamine C, que j'accompagne d'un anti-inflammatoire.

Ma mère rentre souvent du boulot à cette heure-là. Elle travaille à mi-temps en tant que médecin généraliste dans un centre médical proche de la maison. À peine pose-t-elle le pied dans l'appartement que, comme pour conjurer l'année et demie passée seul à souffrir, je débarque devant la porte d'entrée pour l'accueillir avec un cérémonial qui se doit d'être chaque jour différent. Une seule constante : nous finissons enlacés, heureux de nous retrouver, reconnaissants d'avoir survécu à une nuit supplémentaire, prêts à exorciser la fatalité par l'humour et la vulgarité, dont le rôle n'est que d'affirmer l'amour par un renversement inattendu. Elle me traite de tous les noms en déposant délicatement sa main douce sur mon visage barbu, je lui renvoie des horreurs avant de l'embrasser dans le cou. Quelle force, quelle femme que ce petit bout d'humain têtu et déterminé. Sa présence dans les moments les plus durs, son imperturbable détermination à écouter mes jérémiades, on ne peut les attribuer qu'à une chose. Ma mère est un roc, un colosse fascinant tant sa puissance est intimidante face au tragique. Fascinant dans sa permanence, mais aussi dans cette capacité indomptable de se muer, sans crier gare, en douceur et délicatesse. Je la regarde, là, râler après mon père qui a, semble-t-il, encore fait une bêtise. Je la regarde, toute belle, tout apprêtée, papillonnant dans la maison à la recherche de quelque chose à nettoyer ou d'une tâche à effectuer ; je l'observe et je cherche un moyen, qui ne soit pas empreint de mots, pour lui signifier quel bel être humain elle fait, que sa force qu'elle me montre à me porter, je la veux, que je me battrai pour en trouver une et me la faire mienne. Ou bien, je n'attendrai pas d'être guéri, je la trouverai au milieu de l'absurde que j'enverrai paître dans les limbes pour affirmer, taper du poing sur la table, et crier que je suis vivant, malgré tout. Surtout. De sorte qu'à chaque fois que je l'embrasse, j'espère secrètement pouvoir bénéficier d'un peu de cette magie qui anime son existence. Toutefois, pour clore ces moments suspendus exempts de doutes et de souffrance, il faudra éternellement qu'elle en vienne à la phrase qu'elle aime plus que toute autre : « S'il te plaît, rase-toi. » Ce qui semble être un reliquat ancestral, tirant sa force du folklore séfarade qui coule dans ses veines, un sang archaïque transmis par ma grand-mère qui lui donne tant de force, tant d'ancrage dans la terre, et stipulant que la barbe, surtout développée comme la mienne à l'époque, est un signe à porter pendant le deuil. C'est donc péché ! Mais pourrait-elle comprendre ? Peut-on décemment dire à sa mère qu'une partie de soi est bel et bien morte, et plus encore, que cette pathologie fait de nous des morts-vivants ? Je portais la barbe pour faire signe de virilité et de force difficilement invocable autrement. Je la portais aussi, car j'étais en deuil d'une vie aujourd'hui disparue et qui pourtant n'en finit pas de me hanter. *Zombie style*. J'ai la gueule d'un spectre.

Le reste de la journée est une lutte pour écrire quelques lignes, marcher quelques pas ou passer du temps avec mes derniers amis. Tout cela se termine toujours par l'abdication, un retour à la position allongée, pour dormir et quitter le monde temporairement.

Voilà, c'est une vie dans le cloître. Toute ma géographie existentielle en a été chamboulée. Mon monde se résume à une portion congrue d'espace. Du lit aux toilettes, au canapé, retour au lit, et, par les beaux jours, à la terrasse d'un café.

Je ne peux pas m'empêcher de penser aux règles de vie des moines du christianisme primitif. Agamben nous apprend que ces règles très strictes réglementant la vie en communauté hors du monde, de la prière à l'hygiène en passant par la diète, étaient constitutives en elles-mêmes de la communauté. Règle et vie se confondent, la règle crée la conduite en constituant la forme de vie l'appliquant. Forme de vie, Agamben entend par là « une vie si étroitement liée à sa forme qu'elle s'en montre inséparable ». Eh bien, avec moi, la règle pathologique crée la conduite quotidienne en créant la forme de vie malade. Je ne peux plus me détacher de la contrainte pathologique qui définit de bout en bout ma forme de vie. C'est une forme de vie monacale. Jusque dans le rituel de prière du moine qui, chez le malade, prend la forme de la complainte auprès de ses proches. C'est une prière au sens strict, un appel à l'autre – un refus de continuer ainsi, mais un appel, un appel au secours de l'autre pour pallier notre impuissance.

Dans ce monde devenu désert dans le désert, au sein d'un temps étiré par la souffrance à l'infini, des lumières apparaissent toujours ; il suffit de savoir les provoquer, d'apprendre à les distinguer dans la brume et la tempête, d'en prendre soin pour qu'elles m'éclairent, qu'elles scintillent, qu'elles dissipent un instant, devenu éternité, les pénombres du corps défait. Car le regard porté par les yeux brillants de mon père n'est pas facile à dompter, coquin, il faut s'en approcher avec intelligence et déférence. Mais, sitôt la technique rôdée, c'est le festival de la complicité. Je l'ai retrouvé, je veux dire, non pas que je l'avais perdu, mais je me suis enfin ouvert à lui dans toute son entièreté. Ce regard puissant de malice, dont la vocation première est de porter un jugement aimant sur sa descendance. Que mon corps est soulagé à croiser ces petits yeux malins qui n'attendent qu'à vanner, à faire rire, à faire le filou. Voilà que mon âme réussit à s'y plonger, furtivement, comme ça, au bout d'un couloir, en l'espace d'un moment évanescent, et c'est tout un univers de pudeur désarmée par l'humour qu'on y trouve, c'est toute son histoire mouvementée avec son propre père qui se lit dans le miroir de ces mirettes qui nous entoure, c'est l'imperturbable désir de rupture avec son enfance par l'amour de la descendance qui inonde. Là, avachi, pétri de douleur, l'existence rabougrie, il semble qu'à s'ouvrir à cet homme dans un mouvement éphémère, presque impalpable entre deux clignements d'yeux, qu'à tomber corps et âme dans les profondeurs qui affleurent sur le visage de ce petit brigand, il semble que j'arrive à distinguer un amour qu'à mon tour il me faudra donner. Donc il me faudra guérir. Mon père est un ordre : Guéris ! pour que cette complicité peaufinée soit le prélude à des festivités ! pour qu'à ton tour, fils, tu ries. Avec ton fils ! Pour que cette dette infinie contractée à leur égard – ils m'ont sauvé la vie, ils ne m'ont pas abandonné, ils m'ont écouté, ils m'ont aidé, ils ont guéri ma vie –, pour que cette dette donc, non remboursable, s'annule dans le don, le don de la vie. Les aidants, ce sont des gens qui n'ont rien demandé, n'ont pas d'autre choix que de porter un poids colossal au quotidien ;

souvent ils craquent, manquent de moyens, ont des carrières hachées, et souffrent d'un manque de reconnaissance que l'héroïsation ne saurait combler. Mais cela n'empêche pas de dire merci.

#17 Subjectivité de rivage

On ne se baigne jamais deux fois dans le même fleuve, disait Héraclite, figurant ainsi un mobilisme universel, l'écoulement des choses dans le flux du devenir. Quant à moi, je regarde la scène depuis le rivage, enfermé dans l'immobilité de la souffrance. Bref, maladie : jour 1 825.

Ça a donné un joli concept d'ailleurs chez Peter Sloterdijk – la subjectivité de rivage, désignant les individus se retirant du continuum de l'étant dans des enclaves ontologiques. Michel Foucault les appelle *hétérotopies*, je trouve cela très élégant. Moines, yogis, malades, dépressifs, drogués, tous dans des hétérotopies. Et l'image du rivage de la vie, mon dieu, je la trouve ravissante.

#18 Hors du monde : *vita contemplativa*

Suite de mon périple à travers les formes de l'être-hors-du-monde. À cette vie ascétique comme Syméon le Stylite, il est vrai que j'ai – dans la mesure de mes capacités – ajouté une dimension studieuse, j'ai sans m'en rendre compte rejoint la cohorte des mystiques chrétiens s'adonnant à la *vita contemplativa*. Toutes ces heures à lire, affamé, tout le canon de la philosophie occidentale, cette boulimie d'auteurs, j'ai donc opté pour une vie théorique, dans la contemplation du concept. Une vie en tous les cas bien loin de la *vita activa* décrite par Arendt : plus de travail, plus d'action, et désœuvré, les trois conditions de l'appartenance au monde commun m'étaient ôtées. Alors, je lis, je continue à lire, avec un plaisir à peine dissimulé flirtant avec l'euphorie, me voilà en compagnie des gnostiques et de leur doctrine de négation de ce monde corrompu aux allures de prison, me voilà avec Pétrarque et son traité *De vita solitaria* dans lequel il évoque une vision idyllique du retrait de la ville pour fuir la foule, les mondanités, les coteries, afin de se ressourcer en soi aux côtés des œuvres de l'esprit dans « une petite éternité », celle de la lecture. Comme le résume Rémy Oudghiri dans son *Petit éloge de la fuite hors du monde*, on pourrait dire que Pétrarque se retire du monde, mais qu'en se retirant, il s'ouvre aussi au monde. Peut-être, moi aussi, en ayant tout perdu, me suis-je ouvert à la source du possible ? Tiens, me voilà maintenant embarqué avec Rousseau, dans ses *Rêveries du promeneur solitaire* ; je monte avec lui dans un canot sur le lac de Bienne, dérivant des heures durant et rêvant que je suis sorti du monde commun, libre de tout devoir, extirpé du filet des obligations, bercé par le bruit des flots, goûtant le bonheur de me suffire à moi-même dans une extase ouatée.

#19 Mayssa

De mes amis, de ceux que j'appelais amis, il ne me reste que peu de monde. Depuis ma remontée des cercles inférieurs, j'ai compris que, dorénavant, je ne peux guère compter sur cette terre que sur quelques personnes. N'en restons pas là, leur avais-je dit sur le ton de la prière, restez ! Mais ils ont déguerpi en me laissant seul face au pouvoir souverain de la souffrance. Il m'en aura alors fallu du temps et de l'endurance pour supporter la double peine de la solitude, et pour apprendre à vivre cette éreintante oscillation entre l'horreur et l'*ex-stase*, entre l'inhumain et le sublime, oui, il faut tenir dans cette dualité permanente entre la souffrance et la jouissance, entre la vie et la mort. Et de cette dynamique ambivalente de destruction, que reste-t-il ? J'ai été consumé, mais où sont les cendres déjà dispersées au vent ? J'ai été consommé, mais où sont les déchets ? J'ai été fragmenté, mais où sont les morceaux ? L'essence d'une vie pathologique : la désertification, l'abandon et la trahison. Mais aussi, l'intensification, la surprise, la jouissance, la découverte, peut-être. La joie ! La fête ! Le rire ! Éros qui ferme le clapet de Thanatos ! Que reste-t-il alors ? La question semble d'ores et déjà mal posée. Car j'essaie de toutes mes forces de faire œuvre de la ruine, mais c'est la ruine qui œuvre et ruine mon œuvre. Je me débats à penser la ruine comme quelque chose qui me serait extérieurement imposé, alors que tout indique que c'est moi qui étais déjà ruiné, et ce, peut-être dès avant la maladie. Cette simple hypothèse d'une ruine originaire porte en elle toute l'horreur jouissive de la situation : l'être ne serait que ruine, et s'en approcher, s'approcher de ce rien qui fait tout, doit se célébrer ! Errer dans les décombres mouvants de sa vie n'est pas une balade de santé, mais il est aussi possible au milieu de la débâcle de découvrir de l'agréable nouveauté. Sur cette épave chancelante, souffler sur la poussière, comme celle qui recouvre les vieux livres immaculés dans les vestiges d'une bibliothèque abandonnée, et sur ce terrain alors dégagé, se laisser surprendre. Cette surprise, pour moi, a le nom déjà évoqué de Mayssa.

Mayssa est une jeune femme de taille moyenne, aux cheveux bruns et bouclés, à la peau douce et claire, clairsemée de taches de rousseur, au nez fin, aux yeux marron en amande, pétillants de ruse et de malice, qui dégagent autour d'elle une atmosphère de joie et de pure affection. Elle est gourmande, elle cuisine très bien, et elle partage avec moi un principe fondamental pour guider son existence : le principe de moindre action. En d'autres mots, choisis par elle, ce principe fait d'elle une « glandeuse », quand, appliqué de force à moi, il fait de moi un « malade ». Elle est ingénieure. Elle se forme à l'urbanisme. Elle est brillante et sensible. Elle est franco-marocaine, originaire de Rabat, descendante d'une famille d'anciens propriétaires terriens et de grands érudits ; elle a décidé de quitter son pays natal, sa culture, sa chaleur, ses parents chéris, pour aller étudier et vivre dans le seul pays qui pour elle pouvait lui offrir la liberté qu'elle recherchait : la France. Et en retour, même tiraillée par les affres de l'exil, même confrontée aux remous de son identité longtemps perdue dans la Méditerranée, ce ne sont pas seulement des devoirs qu'elle a acceptés en échange des droits que la République lui a donnés, c'est un sens aigu du respect pour le pays d'accueil, du respect et, il faut le dire, de l'amour. Nous nous étions rencontrés en école d'ingénieurs, puis perdus de vue par la force des choses, par les aléas de la vie, puis retrouvés en 2014 alors qu'elle me sollicitait pour des conseils en vue du concours de Sciences Po qu'elle comptait passer.

Ce devait être en mai 2017, au coin de la rue de la Chaise et du boulevard Raspail, à quelques mètres seulement de Sciences Po. J'y donnais encore des cours dans un état de zombification avancé, et elle y terminait alors sa dernière année. Maintenant que j'y pense, il y avait une forme de cohérence étonnante à ce que j'y enseigne alors la politique écologique et énergétique, que j'y glose notamment d'efficacité énergétique, moi pour qui économiser mon énergie était devenu par la maladie le mantra le plus intime de mon existence. Bref, nous nous étions retrouvés, comme souvent cette année-là, à la fin de la journée, heureux de nous délecter ensemble des bienfaits que nous procurait notre présence dans cet univers de sciences sociales, alors que nous venions du monde des sciences et de l'ingénierie ; nous parlions donc de la vie, de nos amours, de nos journées, de l'absurde qui règne en maître dans ce monde, de la campagne électorale qui battait son plein ; et, ce soir-là, à ce croisement dans le Quartier latin, nous riions très fort, que c'était jouissif, nous riions de Macron, du vide abyssal de sa campagne, impossible de partir tant ces rires étaient magnétiques, nous repassions ensemble toutes ses sorties ridicules, nous nous esclaffions de son ton mielleux, de sa posture de petit curé, grand pourvoyeur du Bien, de tout ce qui trahissait chez lui la volonté de simuler, de toutes ces couleurs flashy fluo qui inondaient sa campagne, de ses meetings faisant penser à des séminaires de *team building*, nous riions si fort que, l'espace de trente minutes, mon corps sembla troquer la souffrance pour le cynisme et la fatigue pour le sentiment de révolte.

Ce soir-là, je découvris derrière le rire et grâce à Mayssa le potentiel de révolte que ce personnage m'inspirait, comment, à mon corps s'effondrant, il insufflait une énergie qui me faisait tant défaut. M'était alors peut-être révélé un mode d'existence tout à fait compatible avec la maladie, une façon d'être qui échangerait le scandale de ma chair pour le cynisme de l'esprit, et dans lequel Mayssa serait ma compagne. Voilà, j'avais atteint mes limites, la vue se troublait, l'ouïe disparaissait, il fallait que je m'asseye, la nausée, les frissons et son regard tendre et aimant, je veux dire, le regard tendre de cette amie nouvellement retrouvée, un regard qu'elle ne quittera plus jamais.

À mesure que ma vie et mes relations sociales se désertifiaient, à mesure que mon corps et ma conscience se décomposaient, c'est étrangement mon identité virtuelle qui prenait doucement le relais. Ma perte de puissance réelle se compensait dans l'extension de ma présence digitale. Un succédané de rapport au monde, ou plutôt, un rapport à *un autre monde*, à défaut de pouvoir réellement et pratiquement vivre avec les autres en communauté ; je l'ai transposée, dématérialisée, virtualisée sur Twitter, je veux dire : j'ai dupliqué ma vie sur les réseaux sociaux, et c'est dans ces communautés numériques que mon sentiment de révolte a pu allègrement se déployer. Islamisme, antisémitisme, négationnisme, défense de la laïcité, mouvement des Gilets jaunes, toutes les luttes qui m'animaient depuis les attentats de 2015 était pour moi sujet à indignation, analyse, décryptage. Impuissant face à la pathologie, je me vengeais sur le reste au sujet duquel ma chute m'avait appris à porter un nouveau regard glacial. Masque et miroir, tout à la fois, je m'y cachais *et* m'y exhibais, j'y contemplais ma prose *et* y jouais un rôle, j'y dissimulais la morbidité de ma situation *et* y affichais la force de l'affirmation dans mes convictions, je haletais devant mon corps mourant *et* jouissais devant sa résurrection digitale dans le corps des textes habités par mon esprit enflammé. Les gens que j'y ai rencontrés, ceux à qui je dois ce simulacre non moins utile de vie sociale, *sont-ce alors seulement des gens* ? Et parle-t-on réellement de rencontre quand deux esprits échangent des mots dans un espace idéal ? J'ai remplacé l'adresse réelle, vocale, gutturale et sonore transmise à des amis concrets par l'arobase, silencieux, atone et froid, notifiant cette nouvelle communauté rassemblée autour de mes dires, de mes positions et démonstrations promues par des *likes* et des *retweets*. Qui est celui qui fait l'expérience des réseaux sociaux ? Passer du temps sur Twitter, c'est véritablement se scinder, le corps souffrant des journées durant sur son canapé et l'esprit dans le ciel des idées. L'avenir du réseau social se confond alors avec celui de la schizophrénie.

#20 Dansez !

Février 2019. Depuis que la maladie m'empêche de faire usage libre de mon corps, m'est apparue l'importance de la danse. Dansez, s'il vous plaît, comme si personne ne vous regardait. Dansez, comme si personne d'autre n'existait, comme si vous étiez le dernier humain : donnez forme et temps, corps et rythme à votre vie ! « Danser. Le voulez-vous ? », demande Nietzsche dans *Le Gai Savoir*. Il faut le vouloir, pour ceux qui n'en peuvent plus de ne plus pouvoir.

#21 Anthropologie du handicap

Si j'ai compris une chose de l'expérience de la maladie chronique invalidante, c'est qu'il semble qu'il nous faille gagner la légitimité sociale de notre propre handicap, car les gens, en nous ignorant, refusent simplement de donner du crédit à l'idée que ça puisse leur arriver. Le miroir que constituent le handicap et la maladie chronique renvoie le reflet projeté de ce que nous sommes et de la part que nous ne voulons pas être, la part maudite : finie, vulnérable, mortelle, fragile[12]. C'est pourquoi ce que les anthropologues appellent « régime de liminalité », cet état d'entre-deux social généralisé – ni actifs ni inactifs, ni intégrés ni pour autant mis à l'écart – est le compromis idéal pour la bonne conscience. Ce concept de liminalité est intéressant à plus d'un titre dans le contexte du handicap. Introduit par l'anthropologue britannique Victor Turner dans les années 1970, il s'inspire des travaux d'Arnold Van Gennep sur les rites de passage. La liminalité serait l'état de celui dont le flux du devenir social est suspendu : l'individu ne passe plus d'un état symbolique à un autre. Marcel Calvez définit ainsi la liminalité comme « cette situation de seuil dans laquelle l'individu flotte dans les interstices de la structure sociale ». Robert Murphy, quant à lui, considère cet état intermédiaire comme définitif, un entre-deux qui se fige, « une éternelle situation de passage ». Pendant que chacun mène sa petite vie tranquille dans son cocon *thanatofuge*, des millions de gens souffrant par exemple d'un Covid long ou de l'EM/SFC mènent une existence de zombie dans les limbes, au seuil de la vie sociale, loin du miroir qu'est le regard.

#22 Rémission temporaire

Quand j'ai eu mon mois de rémission en 2019, j'étais si peu prêt à reprendre la vie que j'ai pleuré pendant des jours, effrayé et submergé par le vertige de la liberté, attristé par le temps perdu, et toujours en deuil de la personne que j'étais. Comment revenir à la vie après s'être immunisé contre tout dans une coquille psychologique faite de routines, de rituels et de disciplines. Vous vous retirez du monde suivant un mode de (sur)vie monastique, et il faudrait revenir au monde d'un claquement de doigt ? Pour économiser mon énergie et être sûr de ne pas dépasser mon enveloppe énergétique, je mesure mon rythme cardiaque tous les quarts d'heure, je vérifie grâce à un bracelet connecté la distance que je parcours, je mange un régime spécial, je fais attention à tout ce que j'ingère, je chronomètre mon temps passé à lire, à parler, à être sur l'ordinateur, pour ne pas surcharger mon cerveau ; je note tous mes symptômes dans une application pour qu'elle me trouve des corrélations avec mon mode de vie, avec la météo, avec ce que j'ingère ; je planifie mes activités afin d'avoir assez de temps pour récupérer, je limite à quarante-cinq minutes mes activités sociales ; je n'ai pas quitté ma rue depuis six mois, vivant littéralement dans le même espace qui, chaque année, se restreint de plus en plus ; mon monde s'est considérablement réduit, la géographie existentielle de ma vie est celle d'une contraction qui attire tout à un point unique de l'espace, mon lit.

#23 Tenir

Comment tenir ? Comment tenir sans perspective de traitement à l'horizon ? Mon lit prend sous mes yeux la forme d'un tombeau, si bien qu'à vivre comme un mort, on se demande s'il ne faudrait pas mourir, enfin, pour de vrai. Qu'est-ce que la vie si on ne peut pas la vivre ?

#24 Hors du monde : anthropologie de l'acosmicité

Poursuite de mon voyage dans les formes d'acosmicité. J'ai longtemps dérivé sur le lac de Bienne avec Rousseau avant d'accoster à nouveau dans l'ermitage de Sylvain Tesson. « Je m'étais promis avant mes quarante ans de vivre comme un ermite au fond des bois » ; c'est ainsi que s'ouvre *Dans les forêts de Sibérie*[13], dans lequel l'auteur narre sa retraite du monde civilisé pour se terrer au bord du lac Baïkal par moins trente degrés Celsius dans une petite maison au cœur d'une nature immense, vaste et endormie. Il y a « emporté des livres, ces cigares et de la vodka. Le reste – l'espace, le silence et la solitude – était déjà là. » Et puis, ajoute-t-il, il s'y est « inventé une vie sobre et belle [...] resserrée autour de gestes simples » pour que cet « ermitage devienne le laboratoire de ses transformations ». Une retraite choisie, la suspension et la réduction voulues, consenties, recherchées de sa propre vie a quelque chose de beau, d'aérien, comme une quête spirituelle, un soupçon de grâce à même l'immobilité et la restriction. La vie intérieure retrouvée par le truchement de la puissance des éléments. Une immunité personnelle confinée derrière quatre murs et sous le toit de l'ermitage, loin du flux des hommes, des capitaux, ne laissant filtrer éventuellement que celui des informations. Une immunité synonyme de vie, car la vie sans immunité n'est que mort. Et puis, un autre vagabond m'a intéressé au plus haut point : le jeune Christopher McCandless dans le film *Into The Wild*, passionné de Thoreau et de Jack London. Voilà quelqu'un qui porte un diagnostic sombre sur l'état de la civilisation industrielle et qui se résout finalement à fuir le monde comme son maître Thoreau, afin de renaître dans une vie plus authentique et proche de la nature. Il rompt avec sa famille, il abandonne son identité et fait don de ses biens afin d'opérer sa transformation en vagabond, vivant une vie chiche d'errance solitaire à travers les étendues sauvages d'Amérique. Ô combien je l'ai envié, moi qui étais cloué au lit ! Ô combien je rêvais de le rejoindre dans sa quête des espaces infinis, à l'unisson avec la nature ! La fuite du monde peut être une critique en acte de la civilisation technicienne tout autant qu'une démarche initiatique et spirituelle[14].

Mais ce n'était pas assez, ce voyage dans l'acosmisme et les doctrines religieuses de la fuite du monde ne rassasiait pas ma faim de comprendre le phénomène de portée anthropologique du retrait. Mon âme semblait crier comme Baudelaire : « N'importe où ! n'importe où ! pourvu que ce soit hors de ce monde !. » Mais comment penser, par exemple, les expériences ancestrales de la transe, où il est fait usage de drogues sacrées pour ouvrir les portes du Sacré, loin de l'expérience mondaine ? Comment intégrer le fait quotidien de l'existence humaine qui est que nous quittions le monde chaque soir au coucher en dormant ? Et enfin, pourquoi la maladie en tant que retrait est-elle systématiquement oubliée des théories sur l'acosmisme ? Peut-on avoir une théorie dotée d'un réalisme anthropologique pour fonder *toutes* les expériences de fuite du monde ? Une forme d'anthropologie de l'acosmicité ? C'est encore une fois vers Sloterdijk que je me suis tourné. Il est le seul à avoir conçu une théorie rythmique de l'homme, faite d'aller au monde et de retour du monde. Il pense comme Heidegger la venue-au-monde, mais la complète – en rythme avec les saisons, avec l'alternance du jour et de la nuit, avec la pulsation du cœur, avec le tempo de l'existence – par une analytique du départ-du-monde. Et l'homme en est capable, car il est animal capable de translation, de relocation (*metoikesis*). Il arrive au monde en quittant le milieu aqueux de l'éden utérin, et se translate dans le milieu aérien de l'existence. La *metoikesis* initiale est donc un événement anthropo-biologique à portée ontologique et psychologique. Elle fait de l'homme un être de mouvement, qui pense l'existence comme cinétique. En tant qu'animal capable de changer de milieu, l'homme est un animal en tension quant à son lieu de vie, parcouru par des angoisses métaphysiques sur sa trop forte adhérence au monde, donc capable de déployer des efforts surréels pour nier l'état de fait cosmique dans lequel il évolue. Dit autrement, si je peux quitter le monde, c'est parce que j'y suis venu.

#25 Que reste-t-il après la destruction ? Esquisse d'une philosophie du rien

« Du vide et du rien,
désencombrés du trop-plein du monde [...]
c'est à ce rien que l'existence prend son origine. »

Henri Maldiney,
Penser l'homme et la folie

« Que reste-il alors après la destruction[15] ? » Après « où sommes-nous quand nous sommes malades ? » et « comment cela a-t-il pu arriver ? », voilà la troisième question obsédante qui structure la problématicité de l'existence souffrante. Que reste-t-il à celui qui perd tout ? à celui dont l'existence est réduite au moindre ? Vers quoi fait-elle signe ? Première réponse : le pathos, la *chair* souffrant dans sa plénitude. Si l'extase existentielle est minorée et si l'affection souffrante est telle qu'elle déborde l'horizon et ne renvoie à aucun objet, alors l'affection ne réfère qu'à soi, dans l'auto-affection, et sature tout le champ phénoménal, comme l'explique Jean-Luc Marion, en la qualifiant de « phénomène saturé ». *Il ne reste que du pathos.* C'est la réduction pathologique de Nietzsche. Quand la douleur m'étreint, je n'ai pas mal, je suis la douleur. Quand la maladie me prend, je ne suis pas malade, je suis la maladie, je suis cette vie qui se fuit elle-même.

La deuxième réponse nous est donnée par l'écrivain Patrick Autréaux dans son cycle romanesque sur le cancer dont il était atteint : « J'étais devenu un habitant de ce *rien* qui entoure tout [...] Lorsque je repensais à ces moments-là, tout ce que je faisais de la maladie pour l'apprivoiser se crevait. *Rien* que des décors éteints, et le noir derrière. Même pas l'horreur ou le chaos. *Rien.* Et pas *le rien de tout* avec ses perspectives de prédestination en arrière-fond, mais un *rien vide*[16]. »

Rien. Il ne reste rien. Ou presque rien. Il ne s'agit pas de parler de la « Table du Rien » qui complète l'analytique transcendantale de Kant, ou encore du concept de négativité chez Hegel, mais d'un rien à portée existentielle et polysémique.

Le premier sens qu'on peut lui donner serait celui de la non-substantialité du sujet, son absence de propre, voire sa spectralité. C'est qu'à force d'être disséqué vivant, déconstruit vivant par le scalpel de la maladie, à force de descendre toujours plus loin dans les enfers, le souffrant s'attendrait peut-être à tomber enfin sur un in-déconstructible, une substance propre, alors qu'il se découvre comme originairement différent de lui-même, qu'il ne s'appartient pas, qu'aliéné originairement, le cercle de son identité ne se referme pas sans laisser une absence bientôt occupée par le spectre de sa vie d'avant la maladie.

Le deuxième sens, suggéré par Sloterdijk, serait celui de l'intenabilité des promesses. Si l'homme est l'animal qui fait des promesses, comme le dit Nietzsche, c'est-à-dire dont l'existence même est comme une ligne de crédit qu'il s'est accordée à lui-même, si son existence est pure projection auto-natale par l'effort même d'exister en dehors de l'animalité pure, la maladie figure le risque d'effondrement du dispositif (*Gestell*) mis en place pour soutenir les promesses de l'homme venant-au-monde. On rêvait d'une vie apte à nous faire réaliser nos projets, à accomplir notre destin, à satisfaire nos désirs profonds – c'était la promesse de l'existence –, et puis on est là, acculés par la souffrance, arrêtés dans cette pleine lancée qu'est l'existence même, à tenter de faire le deuil des attentes déçues. Autréaux ne dit pas autre chose quand plus loin il dit : « Tout a menti, *rien* n'a tenu promesse. Pourtant *rien* n'avait fait de promesse. »

Le troisième sens de ce rien, c'est que l'existence effondrée fait signe vers le fond de l'ouvert, on n'habite plus un lieu, mais le désert du lieu, évidé jusqu'à l'absurde de sa significativité usuelle, et ce désert a, dans la tradition mytho-philosophique, un nom depuis Platon : *khôra* (χώρα = lieu, place, espace, zone rurale). Patrick Autréaux était devenu habitant de Khôra, qui est l'avoir-lieu du lieu, ce qui rend possible qu'il y ait quelque chose comme un lieu. Ce n'est *rien* qui soit, *rien* d'étant, c'est plutôt le désert au cœur du désert, disait Derrida, comme rien avant tout, la figure aporétique par excellence : c'est la matrice du possible, la nourrice du devenir, selon les termes de Platon dans le *Timée*. Les états crépusculaires de la maladie, comme la perte de connaissance, ou l'extrême fatigue et la souffrance, sont l'épreuve de Khôra ; la désertification du monde du malade, c'est l'épreuve de Khôra ; l'errance médicale, l'errance de l'attente du traitement, l'errance de l'abandon social, l'errance de la non-reconnaissance, c'est l'épreuve de Khôra. Il faut l'endurer comme jadis les anachorètes (*anachoréo*, du grec ἀνα-χωρέω signifiant « s'en aller », « faire retraite », « traverser le lieu ») enduraient la traversée du désert (*khôra*) que connaissent bien les mystiques et la théologie négative. La maladie est épreuve anachorétique.

Le quatrième sens de ce rien vers lequel son existence fait signe est le plus évident pour un malade, c'est son propre anéantissement vécu ou anticipé : la mort.

#26 Le philosophe couché

La sociologue Dahlia Namian a étudié de nombreuses populations de l'entre-deux, des gens en errance pour qui la survie biologique est un enjeu vital rendant improbable leur insertion dans la vie active[17]. Ils vivent selon elle une « vie moindre ». C'est un régime de l'expérience réduite au moindre possible et faisant naviguer le sujet dans un entre-deux généralisé, du fait de contraintes physiques, culturelles, économiques[18]. Je lui préfère l'idée de « vie réduite », car elle est le résultat d'un processus de réduction au sens phénoménologique du terme. Elle n'est pas moindre par l'action du Saint-Esprit, elle n'évolue pas dans les limbes de la liminalité par magie, son champ des possibles est moindre car son horizon a été suspendu dans un processus de réduction. Jean Vioulac l'appelle « réduction pathologique[19] », elle ouvre sur une vie circonscrite au niveau des vécus charnels de souffrance. Levinas l'appelle « la débâcle », elle ouvre sur une vie au bord de l'abîme du non-sens. Sloterdijk l'appelle « catastrophe des sphères », l'effondrement des sphères de relations humaines, elle ouvre sur le *no man's land* de l'être. Bien sûr, selon le type de contrainte à l'œuvre, cette vie réduite peut concerner d'autres groupes sociaux que les malades ; je pense aux sans-abris, aux migrants, aux toxicomanes, qui ont en commun de vivre sur la frontière entre le dehors et le dedans du système social, et qui, par leur existence même, mettent en relief ce qui était jusqu'ici invisible : la loi du système social dans son angle mort[20]. La maladie chronique invalidante est donc comme un miroir pour la société, dans lequel elle peut regarder ses traits et sa normativité caractéristique. Allongé dans l'entre-deux, au repos, immobile, mon existence statique est une critique en acte de la cinétique de notre socialité moderne, obstinément tendue vers le mouvement pour le mouvement[21]. Quel est le statut de celui qui reste allongé quand le monde est surtendu, que les marchandises parcourent le monde, que l'information circule à la vitesse de la lumière ? Qu'est-ce que penser allongé quand, depuis Nietzsche, on s'accorde sur la psychomotricité des idées, qu'on ne pense qu'en mouvement ? Jean Starobinski a bien fait la recension des penseurs couchés[22], mais force est de constater que ce panorama des philosophes et poètes horizontaux s'arrête au début du XXe siècle avec Proust.

#27 La vie, la mort

Peut-être me fallait-il alors l'explorer, tenter de m'approcher, symboliquement, de ce rien qui, jusqu'ici, prenait pour moi la figure de la mort, comprendre comment l'on pouvait vivre, spectralisé, endeuillé de soi-même, après avoir été traversé par la mort. Comment puis-je avoir cette expérience d'être le fantôme hantant mon propre corps ? Et si l'on a été traversé par la mort, devient-on alors un survivant ? un revenant ? J'ai lu Jorge Semprún, son *Écriture ou la Vie* sur les souvenirs des camps. Pourquoi avais-je autant besoin de m'intéresser à la Shoah, ou plus tard au djihad, avec cette révolte contre l'islamisme, comme exemples paradigmatiques du néant contemporain ? Pourquoi, alors que j'étais souffrant, étais-je attiré par *das radikal Böse*, le Mal radical, évoqué par Semprún en clin d'œil à Kant ? Semprún semble avoir erré longtemps au fil des pages autour de la question de sa mort au sein de sa vie comme chose impossible, ce qui, de son propre aveu, est une réflexion « assez pauvre spirituellement », car personne ne peut vivre sa mort, nous dit-il en citant Wittgenstein, alors que lui, le revenant des camps (et non le survivant, précise-t-il), affirme très clairement et sans ambiguïté avoir vécu la mort, non pas comme telle, mais en tant qu'expérience collective, comme fait social, donc symbolique, en tous les cas, comme une expérience fondatrice d'un être-ensemble qui pourrait s'apparenter à un *Mit-sein-zum-Tode*, un être-ensemble-vers-la-mort, dont je sentirais la possibilité la plus prégnante plus tard avec la communauté des malades que j'ai rejointe. Nous avons la « sensation [...] de ne pas avoir échappé à la mort, mais de l'avoir traversée. D'avoir été, plutôt, traversé par elle [...] Nous ne sommes pas des rescapés, mais des revenants[23]. »

Peut-être Rainer Maria Rilke, dont je commençais alors la lecture assidue, avait-il par ailleurs compris ce qui semble avoir échappé à Semprún : que « la mort est cette face de la vie non tournée vers nous[24] », non pas l'événement de ma *mort* qui signerait mon *décès* pour autrui et acterait que la vie en moi aurait *fini*, comme les bêtes *périssent*, ainsi que le distingue Heidegger dans *Être et Temps*, ni la mort en général. Mais quelque chose d'autre m'installant dans une étrange familiarité avec M. Valdemar, le personnage d'Edgar Poe, tenu entre la vie et la mort par un scientifique et qui, bien que mort, transgresse la limite du langage pour dire l'aporie par excellence : « Je suis mort. » Didier Van Cauwelaert démarre son roman *La Vie interdite* par une phrase que j'aurais pu prononcer : « Je suis mort à sept heures du matin. » Comme ces personnages, je ne fais pas face au néant, je le vis de l'intérieur. Et je pense à chaque heure du jour à cette phrase de Nietzsche : « On paie chèrement d'être immortel : il faut mourir plusieurs fois durant que l'on est en vie », car oui, il me semble bien que je suis mort plusieurs fois, que je survis à l'état spectral, que je porte le deuil de moi-même. Peut-être alors faut-il suivre Derrida quand il parle du « pire que la mort », qui est l'expérience de celui pour qui sa vie continue sans lui ou avec lui qui la vit comme invivable, comme insupportable, comme ce qui vit sous l'impératif catégorique de cesser sur le champ, c'est-à-dire comme sa mort dans la vie, comme mourir vivant[25]. Suivre Derrida aussi quand il refuse la logique de la différence et de l'opposition entre la vie et la mort, « la vie la mort », sans virgule, explique-t-il, pour laisser toute sa place à l'aporie de cette « possibilité de l'impossibilité » qu'est la mort. Car aussi puissant et élégant que fût le livre de Semprún, aussi évocateur fût-il à caractériser cette traversée de la mort, tout cela n'était pas suffisant ; j'aurais pu lire toute la littérature concentrationnaire que je n'aurais pas été rassasié de cette soif de néant. Car ce néant que je cherchais, ce secret insondable derrière l'être, ce n'était certainement pas la mort, ce néant ne s'opposerait pas à l'être ou à la vie, mais s'étendrait dans un au-delà, un autrement qu'être ou un au-delà de la souffrance. Un rien. Le rien. Du neutre. Le tiers entre la vie et la mort. Le troisième genre. Ce que Levinas a, toute sa vie, cherché à fuir, l'horreur du neutre, le froid de l'être, les ténèbres de l'impersonnel, la menace de l'infini abyssal des éléments, la nuit avant toute vie, moi, habité par une étrange fureur mystique, j'en guettais l'apparition, ou tout du moins l'indication et un certain frisson, et quand bien même elle s'accompagnait d'angoisse, quand bien même il aurait fallu chercher à tout prix à s'en défaire, il semblait que j'en étais le pire complice. Être ou ne pas être ou être le marin d'Aristote, telle est la question. C'est ce troisième terme qui manque à toute réflexion sur l'être, cet état intermédiaire profondément phantasmatique, la vie nue, neutre, impersonnelle donc. Pourquoi la question du non-être ? Pourquoi ce besoin vital de l'interroger ? demande Semprún. Eh bien, parce qu'il y a du *rien*. On ne peut pas saisir l'expérience aporétique de la maladie sans prendre en compte le rien. Pire peut-être, à tenter, comme dans ces dernières lignes, à tenter de philosopher sur la vie, la mort, la vie la mort, la vie dans la mort et la mort dans la vie, je sens en moi une terrible désillusion, une déception inaugurale qui accompagne chacune de mes pensées, chacun de mes mots et pour ainsi dire toutes mes tentatives : peut-être cette entreprise est-elle de bout en bout vaine… Car, suivant Derrida, si le langage dont est faite ma pensée, et si la logique dont elle use sont langage et pensée de la vie, est produite par la vie en vue d'intérêts de la vie et du vivant que je suis, alors, puis-je vraiment aller sur le terrain de la mort sans que ce qui soit dit ne soit frappé du sceau de la caducité ? Mais voilà, moi, à vrai dire, je me fous royalement de la mort, de la penser ou de ne pas la penser, je suis malade, c'est la vie réduite, moindre, que je veux penser, cet entrelacs de vie, de mort et de rien. La mort *comme telle* ? Peu m'importe. Je veux simplement apprendre à vivre ce qui m'arrive. Ce n'est pas la vie ou la mort que je veux penser, mais l'épreuve du rien, la zone d'indistinction et d'indifférenciation entre les deux, celle où je vis, le *no man's land*, le royaume de la vie réduite, abandonnée au seuil de la loi. En état d'exception, nous apprend Agamben, mis au ban par la loi souveraine de la vie elle-même, si je suis encore, je ne puis être qu'abandonné ; si un quelconque être se maintient chez moi, c'est un être-abandonné, exclu de la vie par la force sournoise de la vie elle-même, tout en y étant inclus de fait, car pas encore mort. Au bord, sur la frontière, à la limite. Les maladies graves sont des expériences limites. Peut-être est-ce donc un langage d'exception qu'il faudra forger, un langage suspendu, pour parler de la maladie. Peut-être faudra-t-il un long apprentissage pour parfaire l'art de dire cette expérience de sa propre perte, de l'horreur subie de la décomposition de soi se vivant pourtant toujours comme un soi à même la décomposition – que dis-je ? – la déconstruction, de discourir sur la maladie qui pour moi sera toujours ce qui ne signifie *rien*, sa signification dernière résidant dans cette absence de signification, comme le dit si joliment Levinas à propos de la souffrance. Après tant de pertes, tant de destruction, il ne me reste effectivement que la langue, pour paraphraser Paul Celan parlant de son exil ; mais sa langue, celle de Celan, « cette langue a traversé son propre manque de réponses, dut traverser un mutisme effroyable, traverser les mille ténèbres des discours meurtriers, elle traversa et ne trouva pas de mots pour ce qui se passait, mais elle traversa ce passage et put enfin ressurgir au jour, enrichie de tout cela[26] ».

Eh bien, oui, il ne me reste plus qu'elle, ma langue, et j'essaie d'en faire le meilleur usage, de trouver le style qui épouse le mieux mes instincts pataugeant dans ce *no man's land*, mais voilà peut-être dans les écrits du poète la sagesse qui me faisait défaut : je veux écrire sur le passage, d'un passage sans origine ni destination[27], la longue maladie donc, dans une langue blessée, qui peine à transformer le problème du devenir dans la forme élégante de la valeur, parce que plus rien ne passe, le devenir est ralenti, la rivière d'Héraclite asséchée, et je suis là, sur la rive, transformé en subjectivité de rivage, à contempler le lit évidé de mon existence ; je veux parler, oui, au moment même où la langue est prise dans le non-passage.

Que reste-t-il alors après la destruction ? Qui suis-je après avoir perdu mes amis ? mon travail ? mon statut social ? après la fin du monde ? après avoir perdu la coïncidence avec mon corps ? Qui suis-je, qu'est ce « je » de l'énonciation quand tout ce à quoi il réfère est oblitéré ? Que reste-t-il après tant de destruction ?

Dans des pages empreintes de philosophie de la vie romantique, Sloterdijk nous rappelle qu'« un quelqu'un formel est programmé en nous comme porteur de nos identifications sociales[28] » et que « la vraie expérience que nous faisons de nous-mêmes, dans un n'être-personne originel, reste ensevelie dans ce monde sous le tabou et la panique[29] ». Ce sont toutes nos identifications sociales qui, une à une, sont désactivées dans la maladie, comme si l'on enlevait plusieurs couches d'écorces à un fruit, et qu'ainsi épluché on pouvait accéder au noyau. Et ce noyau, ce n'être-personne désidentifié, c'est l'expérience brute de la maladie. Sloterdijk précise que ce « personne », ce *nobody* en nous, cette vie impersonnelle et immanente, comme dirait Deleuze, est la source jaillissante de notre liberté autant qu'un paradis énergétique, des champs Élysées dionysiaques en deçà de la personnalité. Ce corps conscient serait donc autant un *nobody* qu'un *yesbody* qui, dans l'histoire, fut la destination utopique des minorités méditantes dans les extases mystiques. C'est aussi le lieu de la vérité, car désengagé des fluctuations du moi entre narcissisme, paranoïa et dépression, empêché d'atteindre les hauteurs autant que les profondeurs de la potentialité humaine, il évolue dans le *no man's land* du réel, le désert du monde.

Alors, non pas rien, mais presque rien, car il me reste toujours la langue, et avec elle une maison, certes délabrée, en ruine, mais tout de même : une maison de l'être, enfin, en l'occurrence, une embarcation. Entre rien et le monde, il y a tout un monde, et c'est le monde aporétique du malade, du malade qui erre, et dont l'errance médicale et sociale ressemble à celle de l'odyssée (*odusseus* vient de *oudeis* qui signifie « *rien* » ou « personne ») d'Ulysse cherchant à revenir chez lui, à lui, *en personne*[30], à retrouver son intégrité, son immunité, à refermer le cercle de l'identité et à reconquérir tous ses statuts dans son île *natale*.

#28 Le corps du malade – *askêsis*

Qu'est-ce que la vie réduite, son corps et son monde ? Qu'est-ce que vivre dans ce désert ? Versant toujours dans la phénoménologie, c'est vers Maurice Merleau-Ponty que je me suis tourné pour penser ma condition. Il considère le corps et sa perception comme le siège de la subjectivité. Contre le dualisme de Descartes, il a pour objectif de souligner le caractère unitaire du corps et de l'esprit, de la pensée et de la perception. Le corps biologique et organique, qui perçoit, qui ressent, est tout simplement le site de l'existence humaine. Bref, « le corps est le moyen général d'avoir un monde[31] ». Celui dont la maladie grave s'empare, celui dont le corps est affaibli dans ses possibilités propres, est condamné à une forme de pauvreté en monde, car pour lui, en termes heideggériens, l'horizon du projet implose. La maladie n'est donc pas seulement une atteinte physique et objective, elle touche de plein fouet toute la subjectivité.

La phénoménologie de Husserl fait par ailleurs une distinction capitale entre le corps objectif, chosique, biologique (*Korper*), et le corps vécu à la première personne, charnel (*Leib*). Dans l'expérience banale d'une existence saine, ces deux corps convergent vers un équilibre harmonieux. C'est quand le *Korper* dysfonctionne que sa transparence d'antan devient surbrillance et rigidité. Il apparaît en tant que tel, c'est-à-dire en tant que différent fondamentalement du *Leib*. Il y a donc un hiatus patent entre le *Korper* dysfonctionnel et le *Leib* vivant ce dysfonctionnement dans la souffrance et la perte de repères, ce hiatus étant précisément le creusement en soi du désert de Khôra. Perte de repères, perte de spontanéité vitale, car le *Leib* est aussi le corps habitué, comme le souligne Havi Carel[32]. C'est lui qui est le siège des automatismes acquis, des habitudes (*hexis*) sédimentées par l'exercice, la répétition qui tisse notre quotidien d'humain. C'est lui par conséquent qui vient buter contre les nouvelles impossibilités imposées par le *Korper* pathologique. Mais c'est lui aussi qui nous confère cette formidable adaptabilité à cette nouvelle vie réduite, à ses défis, à sa nouvelle géographie, qui crée de nouvelles habitudes et les métabolise pour synthétiser un soi viable sous contraintes. Je pense ici à Carl Unthan, un célèbre violoniste à qui manquent, par malformation génétique, les bras, et qui réussit à jouer avec les pieds, comme un virtuose, à force d'exercice et d'auto-dressage. Sloterdijk, sur la base de ses écrits, qualifie la philosophie de vie d'Unthan d'existentialisme de l'obstination et du défi, habitée par une éthique du *malgré tout*. Sur un gradient croissant d'infirmité, l'exemple radical d'Unthan nous apprend que c'est bel et bien un défi qui doit être relevé quotidiennement par les malades chez qui la maladie, par son caractère chronique, devient handicap. L'ascèse permanente est étonnamment oubliée dans les descriptions générales de la forme-de-vie-malade ou handicapée. Et pourtant, c'est grâce à cette ascèse que nos forces plastiques, par la répétition, s'adaptent et transcendent la nouvelle forme dans laquelle notre vie doit se mouler. Nous avons affaire ici à « un genre de pratiquant qui ne prend pas le chemin de l'ascèse pour suivre la volonté de Dieu », ou pour s'approcher de l'Absolu, comme le souligne Sloterdijk, mais qui, par les contraintes mêmes de la vie bridée, minorée, réduite au monachisme pathologique, cherche pourtant continûment à s'auto-élever. Si l'être humain est l'être infirme de manière congénitale, comme le dit Nietzsche, il est celui qui doit en permanence se contraindre à des exercices d'auto-amélioration. La grande leçon de Sloterdijk est de nous rappeler que l'auto-transcendance permanente exigée par la vie malade et handicapée, sommée d'aller au-delà de ses impossibilités pour continuer d'être, fait alors peut-être d'elle la seule vie authentique. Celle qui, par l'excès d'obstacles, en vient à l'ascèse chronique, voire à une vie qui se confond intégralement avec l'ascèse, de sorte qu'elle est forcée de manière paroxystique de s'accorder à sa forme. Si bien que la vie malade est une vie hyperbolique à la verticale stricte de soi. Si, comme le dit Cioran, « tout ce qui nous gêne nous permet de nous définir. Sans infirmités, point de conscience de soi », alors la subjectivité produite par le procès de l'infirmité est une subjectivité finement aiguisée, dont la pointe incandescente est obstinément tendue vers le ciel, toujours plus en quête de hauteur. On peut être cloué à une chaise roulante et vivre dans les hautes altitudes du champ de l'existence. On peut régresser d'un point de vue phylogénétique en étant un bipède couché, et pourtant maintenir le dénivelé éthique et existentiel nécessaire à une psychologie des hauteurs. Bref, on peut être debout tout en étant assis. Si « l'homme est une corde tendue entre l'animal et le Surhomme, une corde au-dessus d'un abîme », alors la maladie et le handicap sont les meilleurs préparateurs à l'arrivée en funambule du Surhomme, nous dit Sloterdijk : oui, « l'avenir appartient aux infirmes ».

#29 Le temps du malade

La vie réduite n'est pas seulement expérience ontologique, spatiale, positionnelle, corporelle et habituelle, mais aussi et bien sûr temporelle. Plus précisément, c'est une altération de la temporalité existentielle, c'est-à-dire du temps temporalisé par les tensions de l'existence et les inclinations de son souci. Le temps existentiel, le temps vécu, est comme un tissu dont l'étoffe est tressée de multiples fils tendus ou bien relâchés[33]. Jérôme Porée identifie trois altérations majeures du temps existentiel dans la souffrance[34] : la déchronologisation du temps, la réduction du temps à un présent perpétuel, et l'effondrement de la logique du projet.

Le fil du temps chronologique est, dans la souffrance, coupé comme tel. Chaque instant étant démesurément dense du mal qui étreint, la souffrance est avènement de l'extra-temporalité de l'immanence, là où se touchent temps et éternité. Il y a donc dans la maladie disjonction du temps objectif et du temps subjectif.

Le fil du temps extatique tendu par la logique du projet est lui aussi coupé. La souffrance ne nous prive pas d'une possibilité parmi d'autres, mais de *la* possibilité même d'être pleinement à partir de l'avenir et de se projeter. Elle la prive, ou la module, ou la minore, selon l'affection.

Elle ébranle également la tension du fil de *l'être-pour-la-mort* que nous sommes, car si la maladie est vécue comme mort à même la vie, elle instaure alors un rapport assoupli avec l'anticipation de la mort, puisque celle-ci en quelque sorte est vécue comme ayant déjà eu lieu, nous ayant déjà traversés, ou pire, comme ayant lieu à chaque instant dans un *temps apocalyptique*, un temps catastrophique suspendu, la fin du monde ayant déjà eu lieu, reste l'attente du messie, dans une temporalité suspendue : c'est ici, comme le dit Agamben, « le temps qui se contracte et commence à finir [...] le temps qui reste entre le temps et sa fin[35] ».

À cela s'ajoute le temps si particulier de *l'attente du salut* (guérison ou traitement), toute l'existence étant vécue comme parenthèse, délai, intervalle entre le présent et le moment fatidique de la libération.

PARTIE III

Essai de mise au monde (2021-2024)

#1 Des manières différentes d'exister

Rendez-vous à la maison départementale des personnes handicapées (MDPH) et à la Sécu cette semaine. Il s'agit, pour l'un de faire reconnaître mon handicap, de le quantifier, et de m'ouvrir l'accès aux droits correspondants, pour l'autre de reconnaître mon invalidité et mon incapacité à travailler. On me dit qu'*a priori* j'aurais un handicap de soixante-dix pour cent et une invalidité catégorie 2. Dans les deux cas, je dois me plier à l'exercice très déplaisant de prouver que ma vie a été dévastée, en la présentant comme un ensemble de faits médico-biographiques mettant en lumière mes incapacités progressivement acquises.

Mes interlocuteurs sont à l'écoute et accueillants, mais l'exercice prend rapidement une tournure sombre. Comme si, pour chaque incapacité mentionnée, naissait au-dessus de moi le nuage sombre du désir de vivre empêché. Le fait de préciser, par exemple, que je ne peux plus marcher plus de mille cinq cents mètres par jour me plonge dans un abîme de perplexité et réveille la souffrance de ne plus le pouvoir. C'est une très grande souffrance de décrire par le menu comment mon existence a été ravagée. Pourtant, je me rappellerai longtemps le regard amical et digne que me tendaient la psychologue et le médecin ; c'était le regard de ceux pour qui le handicap montre qu'il y a des manières différentes d'exister. Et je mesure ma chance que l'institution ait reconnu mon handicap, car ça ne se passe pas toujours aussi bien. Je ne compte plus les témoignages qui me sont transmis de refus du médecin-conseil de la Sécu, obligeant le patient à travailler, des délais de traitement monstres de la part des MDPH aboutissant à des taux ridiculement bas de handicap, si ce n'est à des refus purs et simples. J'ai eu de la chance, les institutions savent pertinemment user de violence contre les patients.

#2 Hors du temps

Abîme de perplexité. Le temps passe objectivement, mais moi, je suis subjectivement bloqué en suspension dans la souffrance. Les années passent, les gens avancent, construisent, aiment, travaillent. Et moi, je suis toujours dans mon purgatoire, suspendu entre la vie et la mort. Ajouter des bougies chaque année sur mon gâteau me semble si absurde.

#3 Spontanéité vitale

J'ai perdu la confiance spontanée en mon corps. J'ai perdu la confiance spontanée dans le monde. La seule certitude, la seule évidence pour moi, c'est que je n'en peux plus ; je ne sais plus comment tenir tout en étant absolument assuré que je le dois.

#4 Étranger au monde

Cette maladie, c'est comme être de l'autre côté d'un miroir, à regarder la vie se dérouler dans le monde réel.

#5 Barthes et l'idiorythmie

Je continue de lire l'ouvrage *Comment vivre ensemble* de Roland Barthes, transcription de ses cours donnés au Collège de France entre 1976 et 1977. Ces leçons, publiées en 2002, explorent la question du « vivre-ensemble », de la coexistence humaine et de ses modalités pratiques, politiques, symboliques, voire fantasmatiques. Mon intérêt pour le travail de Barthes vient essentiellement du fait qu'il aborde cette question sous l'angle de la vie monastique. Certains voient dans le monastère la source de la modernité ; pour d'autres, il est le prélude au capitalisme en ce que, par son ascèse du travail et de la production, il préfigure l'usine ; pour d'autres encore, son austérité ascétique et l'autorité de l'abbé est la matrice de la gouvernementalité disciplinaire. Pour Barthes, il s'y joue quelque chose de fondamental en rapport avec la coexistence profane des hommes. Tout son travail semble traversé par la tension entre l'individualité et la nécessité de vivre ensemble, de cohabiter, donc de se confronter aux réquisits de la vie sociale, et tout cela se retrouve dans ces noyaux sociaux que sont les ordres monastiques. Il parle de son fantasme, un fantasme persistant qui lui est venu de la découverte des communautés du mont Athos, et ce fantasme a pour nom : idiorythmie. Idiorythmie, le rythme propre, singulier. Les moines du mont Athos jouissent à la fois d'une forme d'indépendance et sont reliés au sein d'une structure-cadre avec des règles collectives (repas, prière, travail). Chacun peut y suivre son propre rythme tout en évoluant dans des espaces communs, c'est en quelque sorte « une solitude interrompue de façon réglée ». Barthes précise : c'est un fantasme, une forme « médiane, utopique, édénique, idyllique » entre le cénobitisme intégrateur et l'érémitisme solitaire et désintégrateur. Eh bien, ce fantasme du rythme propre, chez moi, chez nous, il est une exigence de tous les instants. Disons-le autrement : si je n'arrive pas à être idiorythmique, ma santé est danger. Si je ne vis pas au rythme exigé par la pathologie, si un quelconque pouvoir extérieur me contraint comme un abbé à un autre rythme, je m'effondre. Quelque part entre le cénobitisme et l'érémitisme, ma vie est à chaque instant une quête d'idiorythmie. Je pense faire une lecture commentée du texte de Barthes, c'est un matériau très riche pour penser la maladie.

#6 L'anachorète est un animal

Je poursuis ma lecture de Roland Barthes ; nous voilà dans le fragment dédié à l'anachorèse. L'anachorète est celui qui « fait profession de se retirer du monde[1] ». L'anachorèse est un éloignement du monde, différent de l'érémitisme en ce que la cohabitation avec d'autres est possible, fondé sur un acte et une proclamation de rupture.

Au IVe siècle, lors de l'explosion des formes d'anachorèse, Barthes rappelle qu'on fuit essentiellement la pression de l'Empire (la pression du fisc, service militaire et autre appareil de pouvoir et de coercition) qui recouvre la surface du monde connu et fait office d'écoumène. On veut se ménager une vie selon ses termes, on veut se gouverner soi-même. Fuir l'Empire, c'est fuir le monde.

Il mentionne aussi les anachorèses laïques comme celle de Spinoza, retiré dans un village près de La Haye. Je suis frappé par le lien qu'il établit entre l'anachorète et l'animal. De l'Inde brahmanique à la Syrie chrétienne, l'anachorèse est toujours un retour à la nature pour trouver la solitude loin de la civilisation. Il mentionne les brouteurs (herbivores), les dendrites (qui se prennent pour des oiseaux), l'acépisme (on marche à quatre pattes). « De *vivre comme,* on passe à *être*[2] », dit-il, et j'en ai été très ému. Presque bouleversé. Car, encore une fois, les échos avec ma condition sont terribles. À un moment donné de l'évolution de ma maladie, la déchéance était telle, ma vie réduite à un si niveau faible, que je n'étais quasiment plus qu'une biologie chancelante. Et cette nature que j'étais était très bruyante, très odorante, voire sale. Je rampais pour aller aux toilettes, je geignais comme un animal blessé, et je grognais comme une bête. Recroquevillé dans mon lit en position fœtale, il me semblait effectivement non seulement m'être retiré du monde, mais avoir aussi rebroussé chemin vers l'animalité.

#7 Éléments pour une critique du cynisme médical

De mes rencontres répétées avec la médecine et sa froideur de glace, je suis ressorti en véritable cynique. Désabusé, démoralisé, j'étais persuadé qu'il me fallait dorénavant m'endurcir face à tous les idéaux, tous les espoirs, toutes les attentes ; pour moi, le temps des naïvetés était définitivement révolu, et, endurci par l'épreuve, rodé par l'expérience, instruit par les désillusions successives, je me disais que je ne pouvais plus me gratifier d'optimisme facile. Si l'institution censée m'aider était aux abonnés absents, que m'était-il permis d'espérer ? Recroquevillé dans ma citadelle imprenable, vais-je continuer à jeter un regard sombre sur le monde et en rester là ? J'ai donc redécouvert l'égoïsme, et j'ai développé un sens aigu de la suspicion, bref, j'étais un vrai cynique dans sa version modernisée. C'est qu'au lieu de m'accueillir pour du soin, c'est avec son propre cynisme que la médecine m'a reçu, le cynisme du pouvoir médical. Et c'est ainsi que, cherchant une nouvelle médecine philosophique pour ma condition, j'ai découvert un continent inexploré de la pensée, la philosophie de Peter Sloterdijk, auteur de la très célèbre *Critique de la raison cynique*, déjà citée.

Il s'agit d'une sorte de phénoménologie bigarrée, composite, historique, ironique, joviale des formes de conscience désillusionnée, blasée et endurcie dont la modernité a accouché. Car, et c'est le diagnostic posé par le médecin de la culture, le cynique n'est plus un original solitaire et provocateur comme dans la pensée antique. C'est devenu un type de masse, urbanisé, évoluant dans l'anonymat. Il s'agit de la conscience malheureuse modernisée, à la fois résultat des Lumières et contre laquelle ces dernières agissent en vain, nous dit Sloterdijk. Mais ce qui nous intéressera le plus ici, c'est la suite de son analyse, qui prend une tournure historique. Il nous décrit une version du cynisme dans son lien avec le pouvoir. Autour du savoir, nous dit-il, intervient entre le XVIIIe et le XIXe siècle une division du phénomène cynique, une division articulée autour des rapports de pouvoir. C'est effectivement une autre caractéristique de la « pénombre cynique » que la façon dont le savoir s'est avec le temps allié avec le pouvoir. Les Lumières se sont en effet brisées sur la convergence du savoir et du pouvoir. « Savoir, c'est pouvoir[3] », voilà la formule toute sociale-démocrate du cynisme des maîtres, en même temps que l'épitaphe ornant le tombeau de la philosophie devenue outil politique des hégémonies[4]. On retrouve, nous dit Sloterdijk, ce cynisme des maîtres dans chaque domaine de la vie où interviennent des pouvoirs et institutions éclairés, face à la résistance plébéienne, comme l'armée, l'État, *la médecine*, la sexualité, la religion, les médias et l'art.

La médecine, donc. Sloterdijk situe l'origine fondamentale du cynisme médical dans son réalisme approfondi de la mort. Il fait écho en cela à Jean Baudrillard pour qui le corps de référence de la médecine, c'est le cadavre. Le médecin, ayant abandonné tout lien avec la prêtrise, est entré dans un rapport douteux avec la mort. Le propre du médecin est donc son ambivalence, bien identifiée par la critique populaire entre son parti pris absolu pour la vie (idéalisme médical) et le fait que c'est un homme de pouvoir, de pouvoir de vie et de mort, de pouvoir sur la vie, de pouvoir conféré par le corps et la vie. Le cœur de ce pouvoir est dans le monopole de définition de qui est malade – je l'ai vécu à mon corps défendant –, dans le pouvoir d'influence sur le malade et le pouvoir de décision de sa destinée thérapeutique. Rousseau avait déjà, en des termes proches, pointé le pouvoir des médecins, qui naît de l'abandon de notre compétence en matière de guérison ; il avait aussi souligné une certaine jouissance à avoir une telle hégémonie sur la vie des gens. Mais Sloterdijk va plus loin : le médecin est, pour la raison populaire, un partisan suspect de la vie. Tout pouvoir part du corps, et le pouvoir médical a atteint son apogée dans ce que Sloterdijk appelle l'archiatrie (*arché-iatros*), la médecine des maîtres instituée en opposition à la médecine populaire. C'est une médecine cynique qui « se caractérise depuis longtemps par l'intérêt qu'elle porte plus aux maladies qu'aux malades », qui tend à « s'établir avec autosuffisance dans un univers de pathologie et de thérapie[5] », et qui conséquemment raille l'approche plébéienne. Tout porte à croire que je n'ai rencontré que des archiatres, et que l'archiatrie est devenue courante dans la pratique médicale. Nous, les patients, ne sommes que de pauvres ignares, nous ne maîtrisons pas les arcanes mystiques de cette science conférant autorité suprême ; notre vécu, nos mots, nos besoins peuvent être facilement balayés d'un revers de main. L'archiatrie a décrété que nous, patients atteints de maladies complexes à l'étiologie non élucidée, étions des vies dispensables. Si l'archiatre ne comprend pas une pathologie, c'est qu'elle n'existe tout simplement pas, car cette ignorance menace son pouvoir. Et comme toute institution de pouvoir, la médecine des maîtres tend à la désinhibition. Si l'on a du pouvoir, il faut en user. Quelle jouissance souveraine que de *ne pas* apporter du soin à tant de monde !

Une critique de la raison cynique selon Sloterdijk vise donc à promouvoir une contre-offensive à la puissance des hégémonies en opérant une réarticulation des rapports entre savoir et pouvoir. Sloterdijk appelle « impulsion kunique » cette résistance au cynisme moderne qui renouerait avec la tradition insolente parcourant les âges dès que la vie et le corps sont négligés[6]. Cette tradition, c'est celle de Diogène de Sinope (413-324 av. J.-C.), l'homme-chien, qui, dans son *kynismos* (du grec *kunízô*, « faire le chien ») provocateur a trouvé une façon de résister à l'idéalisme de Platon et Socrate. Il s'agit de renouer avec la *parrêsia*, c'est-à-dire d'avoir le courage insolent de dire ce que l'on vit, le courage de nouer ensemble la parole incarnée et la vérité. Je ne compte pas faire comme Diogène, et pousser l'insolence jusqu'à pisser ou chier sur la place publique pour faire entendre mon cas, usant de mon corps comme d'un argument matériel. Dans un monde où ceux qui souffrent ne sont pas entendus, où des patients de l'EM et d'autres syndromes post-infectieux comme le Covid long meurent chaque jour parce que la recherche est sous-financée et que des soignants refusent le soin, dire ici ma vérité sera-t-il de l'insolence ou une simple étape vers la justice ?

#8 Histoire culturelle du stigmate

Une histoire culturelle du stigmate que portent les patients atteints de maladies comme l'EM, le lyme chronique, l'activation mastocytaire, la dysautonomie, le Covid long, une telle histoire reste à écrire. Mais elle montrerait une étonnante convergence d'orgueil, de sexisme et de cynisme économique.

D'orgueil, car ces maladies confrontent la médecine à sa propre impuissance. Un chercheur m'a même confié qu'il considérait que la médecine était à l'âge de pierre, qu'il y avait un continent à peine exploré de la médecine computationnelle, qu'on connaissait finalement très peu de choses en immunologie, en neuro-immunologie, sur la mitochondrie, en couplage de systèmes biologiques complexes. Ce qui assurément est un sacré coup pour l'ego de certains archiatres qui monnayent leur orgueil par la psychologisation. Un verdict psychologique plutôt qu'un je-ne-sais-pas biologique. L'histoire de la médecine est d'ailleurs jalonnée de cas de maladies rejetées comme maladies mentales, avant que leur étiologie biologique ne soit finalement élucidée. C'est le cas de la sclérose en plaques ou de l'épilepsie. Seule la technologie IRM a pu rendre justice à ces millions de patients qu'on traitait d'affabulateurs.

De sexisme systémique, car ma maladie, et de manière générale les syndromes post-infectieux, touchent les femmes avec un ratio de près de deux pour un. Le fardeau pour la vie quotidienne, l'impact sur la qualité de vie est supérieur à toutes les maladies chroniques, et pourtant, ces pathologies sont les plus sous-financées pour la recherche. Nombreux sont ceux à qui l'on pose le diagnostic de trouble neurologique fonctionnel, qui est la nouvelle appellation, plus commode, du trouble de conversion ou hystérie. Depuis Hippocrate et Freud, penser à travers ce prisme permet de donner à n'importe quel symptôme une origine psychologique.

Quant au cynisme économique, certains diraient que le phénomène est complexe et que le coût de la recherche dépasse les rendements potentiels. D'autres ajouteraient qu'il est peu probable que les gouvernements pris dans la spirale du court-termisme subventionnent le différentiel de rentabilité. Il faut dire qu'on a assisté à un véritable processus de *controversalisation*[7] de toutes ces affections. Ce processus a un but et un seul : retarder la prise en charge de ces pathologies par les États, les assurances et les mutuelles. Les États ont intérêt à nier l'existence clinique de ces pathologies, car leur reconnaissance entraînerait une augmentation considérable des demandes de prestations d'invalidité. Créer l'image de pathologies controversées ouvre la possibilité de remettre en question la légitimité de toute demande de soins de santé. On atteint le paroxysme du cynisme du système.

#9 Tenir

Je n'en peux plus.

#10 Athlètes

Une idée de l'infini peut être donnée par l'intensité de la discipline, de l'autocontrôle, de l'exercice permanent auxquels nous sommes contraints pour souffrir le moins possible et éviter d'aggraver notre état métabolique. C'est surhumain, au sens nietzschéen du terme, d'être forcé à se surmonter si intensément. En toutes circonstances, je suis à la verticale stricte de moi-même, toujours contraint à des exercices autocorrectifs, toujours contraint à dépasser ma spontanéité vitale afin de garder mon être en forme, c'est-à-dire de ne pas m'affaisser jusqu'à la mort. Nous sommes des athlètes de la souffrance, des virtuoses de la survie.

#11 Le réseau grec

Barthes fait état du matériau de son enquête : quelques romans mettant en scène des ermites ou des cénobites laïques, l'histoire déjà mentionnée du monachisme depuis les Pères du désert, et enfin le matériau sémantique qui balise l'espace de pensée et qu'il appelle le réseau grec : *monôsis*, la vie solitaire ; *anachôresis*, la vie loin du monde ; *koinobiosis*, la vie en commun ; *askêsis*, l'exercice, la discipline, le dressage ; et enfin *pathos*, qu'il entend comme affect, et que moi j'entends ici comme souffrance : *pathobiosis*, la vie souffrante.

#12 Monachisme : quelques dates

Fin du IIIe siècle, âge d'or de l'érémitisme avec l'exemple d'Antoine au désert. Conversion de Constantin en 313, anachorètes autour de saint Antoine, évolution vers un semi-anachorétisme et émergence du fantasme d'idiorythmie.

Début du IVe siècle, Pacôme inaugure le cénobitisme et liquide l'érémitisme en tant qu'il résiste à l'intégration à une structure de pouvoir. La solitude, la marginalité comme résistance au pouvoir. L'analogie avec ma situation est tentante : les maladies complexes, orphelines comme résistance au pouvoir médical, ne s'intègrent pas dans le magistère de l'abbé-médecin ou des autorités sanitaires.

IV et Ve siècles, le christianisme est religion d'État, édit de Théodose, conversion de saint Augustin, premières règles monastiques : les règles d'Augustin, émergence des stylites. En m'identifiant d'ailleurs à Syméon le Stylite en quête de l'Un sur sa colonne, je m'insère comme contemporain d'Augustin !

VIe siècle, saint Benoît au mont Cassin, émergence du cénobitisme occidental. La suite est connue, c'est l'explosion monastique en Europe durant tout le Moyen Âge. Et tout le long de cette passionnante histoire de la fuite visible du monde, se cache la fuite invisible des malades. Ils ne s'intégreront à aucune histoire officielle, ils resteront même dans la marginalité de l'histoire de la marginalité. Et pourtant, pourtant, nous sommes des moines comme les autres.

#13 Rythme

Barthes rappelle que « la demande d'idiorythmie se fait toujours contre le pouvoir », car le pouvoir est pouvoir en tant qu'il impose un rythme « de vie, de temps, de pensée, de discours ». Le rythme propre, singulier (*idios*), fluent, mobile est alors « ce qui ne rentre pas dans la structure » et qui s'oppose à la métronomie. Et il est vrai que mon existence en crise a pu trouver un certain soulagement au moment précis où j'ai pu m'extraire du rythme imposé par le monde du travail dans un premier temps et par le monde tout court dans un second temps. Ce faisant, en fuyant la cadence de la vie moderne, en quittant le cercle de la mobilisation, c'est au rythme fondamental de ma propre existence affaiblie que j'ai commencé à vivre. Mieux encore : avec la dysautonomie, ce trouble neurologique du rythme cardiaque, mon cœur s'est propulsé sur le devant de la scène jusqu'à l'occuper entièrement. Et mon existence tout entière s'est vue imprégnée de ses systoles et diastoles. L'anthropologue De Martino parle de calendrier intérieur de l'existence et d'être-là pulsatile, on ne saurait mieux dire. La cadence de mon existence en son fond est celle de ma biologie effondrée, et elle s'oppose à l'insertion dans tout autre cadre que le sien. Je suis hors du temps commun.

Barthes dit que « le rythme, c'est le retard » et que « retarder le rythme, c'est l'accomplir ». C'est ce qui empêche l'intégration à la structure par une légère défaillance, un je-ne-sais-quoi, un quelque chose de singulier. Pas de doute alors, la défaillance est telle que je suis vraiment hors du monde.

#14 La chambre et le lit

Barthes souligne dans plusieurs fragments que la chambre est le fondement de l'idiorythmie. C'est l'espace où prend forme symboliquement l'autonomie du sujet. Historiquement, la chambre se sépare du reste de la maison pour isoler et instituer la conjugalité. Puis, elle se dissocie également du couple pour fonder l'individu dans la *cella* (la cellule, ce qui n'est pas sans évoquer l'atmosphère carcérale de l'espace clos individuel, que l'on retrouvera d'ailleurs dans tant de monastères, puis dans la prison, et enfin dans certains logements de travailleurs pauvres dans les pires dystopies).

Tous ces fragments m'intéressent au plus haut point, tant il est vrai que mon projet initial était d'écrire quelque chose inspiré du *Voyage autour de ma chambre*, publié en 1794, de Xavier de Maistre, alors assigné à résidence pendant quarante-deux jours. L'auteur y écrit en quelque sorte une odyssée de la proximité par les moyens de l'imagination et de la réflexion. Chaque objet appartenant à son univers immédiat (lit, table, tableau, fauteuil) devient l'occasion d'une réflexion ou d'une rêverie. Et je me voyais bien faire de même depuis mon lit devenu centre de mon existence. Car qui parle de la chambre sans évoquer le lit ratera le fondement de l'expérience malade. Être malade, c'est être au lit. C'est reconfigurer l'espace vécu et le monde depuis son lit. Le lit, comme le souligne Barthes, devient comme « prothèse du corps », comme lieu de la monade, aimerait-on ajouter en pensant à Georges Perec, à son jeu de mots sur le – la – lit-monade dans *Espèces d'espaces*.

#15 *Peregrinatio in stabilitate*

Peregrinatio in stabilitate, l'exil immobile, c'est ainsi que les moines bénédictins interprétaient leur fuite du monde dans le monastère. Le véritable pèlerinage était pour eux intérieur. Voilà une autre façon d'interpréter l'errance du patient dans le désert de la souffrance : un paradoxe vivant entre l'arrachement au monde et l'enracinement forcé.

#16 Le cloître

Il faut quand même prendre la mesure de l'explosion monastique qui eut lieu en Europe chrétienne pendant le Moyen Âge. Des centaines de milliers d'hommes et de femmes ont renoncé au monde pour le cloître, mieux : sont *morts au monde* pour s'adonner à l'Un divin, comme le rappelle Jean Vioulac[8]. Il a parfaitement raison quand il dit que c'est l'époque où la rationalité pensée par Platon s'est accomplie dans les faits, car tout un continent s'est soumis au ciel idéal de l'Un divin en se couvrant de monastères et de couvents. « La vie subordonnée à l'Un est la vie unifiée, c'est-à-dire la vie des moines définis par leur unité et unifiés par l'unique amour de l'Un », rappelle-t-il. Ma vie cloîtrée aussi s'est unifiée sous le joug de la souffrance, ce n'est pas un ciel idéal, c'est une profondeur abyssale de douleur. Tout le multiple, tout le divers de l'expérience, tout, absolument tout ce qui est perçu, senti, vécu, imaginé, tout est consumé sur l'autel de la souffrance. Elle est l'Un du malade. Unité de lieu : la chambre, unité de temps : le présent, unité d'action : souffrir à l'horizontale.

#17 Ascèse et soin de soi

Fatigue : 6/10
Douleur : 9/10
Atteinte cognitive : 7/10
État d'esprit : Combattif

J'avais réussi à force d'abnégation, de travail sur moi-même, de discipline, de restriction, bref, d'ascèse, à intégrer à tout mon être cette nouvelle vérité : mon corps ne produit pas assez d'énergie, il faut donc méticuleusement le préserver et vivre une vie réduite. Ma pratique quotidienne consistait à tenter de coïncider avec moi-même et d'incarner cette vérité, et comme je m'affaissais, cela signifiait pratiquer une auto-élévation permanente. Alors, puisant dans les ressources insoupçonnées d'adaptation et de créativité, j'avais donc réussi à me confectionner une forme de vie stable, c'est-à-dire une vie un tant soit peu vivable, faite de calculs, de micromanagement et de restrictions, quand la pandémie a éclaté. Les confinements n'ont pas bouleversé mon existence, j'étais déjà en quelque sorte confiné, et chacun a pu goûter à la vie d'ermite domestique que nous, les malades chroniques, connaissions depuis belle lurette. Mais je savais, terrifié, qu'un jour ou l'autre le virus passerait la barrière du masque et violerait l'immunité de mon chez-moi. Je le savais et j'en avais une peur bleue, car je savais alors, d'un savoir résigné, que mon corps ne pourrait tolérer une telle virulence. Et cette peur était fondée, car ce jour arriva, et ce fut une deuxième apocalypse. Je me suis effondré, et je n'arrive pas à me relever. Je n'ai plus une once d'énergie. Je n'arrive plus à lire. Je ne tolère plus aucun bruit. La lumière m'est insupportable. Les douleurs musculaires sont si abominables – et ma crainte de faire un malaise post-effort constante – qu'au bout de quelques semaines j'ai dû me résigner à faire le choix très fort et lourd de conséquences en ce début d'année 2022 de me déplacer dorénavant en chaise roulante. Véritable extension de mon corps, comme le souligne Merleau-Ponty, la chaise est devenue cette prothèse externe qui compense parfaitement ma perte de fonction. Énième bouleversement de ma géographie existentielle, de mon assise dans le monde, énième blessure de mon identité, mon univers s'est encore rétréci, et me voilà encore plus dépendant que je ne l'étais. Et fort de cette nouvelle incapacité, me voilà à penser avec Heidegger pour comprendre ma situation. Il ne me reste que cela : penser ma situation le plus lucidement possible, me nourrir de philosophie pour éclairer au mieux quand le ciel s'assombrit. Le philosophe allemand conçoit l'existence humaine comme un pouvoir-être fondé sur la logique du projet et sur la potentialité. Que dire alors d'une existence en telle incapacité ? Jérôme Porée tire de cette conception une définition opérationnelle de la maladie[9]. « Je suis malade » signifie

« je peux souffrir sans mesure, je peux m'affaiblir davantage, je peux mourir. La maladie est un effort impuissant pour être soi ». Effort, car la maladie arrive à un être qui tente d'exister comme soi-même, même atteint, affaibli, défiguré, aplati, appauvri, écrasé, même si sa vie empirique est oblitérée, même si son corps est implosé, même si la mort se donne constamment comme possibilité palpable. La maladie est un effort démesuré pour continuer d'exister, pour maintenir notre forme, affirmer des valeurs vitales, imposer une norme de santé malgré la destruction, persévérer dans notre être. Impuissant, car la liberté du sujet rencontre la finitude irréductible, la passivité originaire, l'impuissance principielle que lui oppose (révèle de son être) la maladie. Pour être soi, c'est-à-dire pour continuer à être soi tout en étant instruit de la souffrance, tout en étant blessé en son corps et en son identité. Il n'en reste pas moins qu'une telle existence impuissante, une telle incapacité à être, est une forme digne d'existence, c'est une *autre* manière d'être, une autre manière d'être humain.

Assis sur ma chaise roulante, poussé par mes proches en ces lieux où jadis je gambadais, il m'est apparu que je n'étais, en définitive, plus le même. Toutes ces années de destruction m'ont tellement diminué que je m'en retrouve défiguré. Mais il faut dire aussi que ma vitalité n'a pas dit son dernier mot, et je me surprends par cette folle capacité d'adaptation et cette plasticité incroyable à créer de nouvelles habitudes sous contraintes.

La volonté de vivre, la volonté de puissance n'a jamais dit son dernier mot, et elle ne lésine pas sur les moyens pour pérenniser son projet vital. En un sens, je me sens autant augmenté que diminué. Le Covid, en aggravant mon EM et en me laissant des séquelles musculaires et neurologiques, m'aura contraint plus que jamais au soin de soi de tous les instants. C'est cela que j'entends par la maladie comme ascèse, ou pour le dire comme Foucault, la maladie comme souci de soi. Les techniques de soi autoplastiques et auto-sculpturales relevées par Foucault dans la philosophique antique, comme l'examen vespéral ou matinal, la réalisation d'une retraite, le régime de santé (pour moi, pauvre en glucides, pas trop copieux, pas de gluten, pas de lactose, peu d'histamines), les exercices physiques (du yoga doux), les méditations, les lectures, sont tout simplement les fondamentaux de cette vie malade portée au souci de soi. Ce que je voyais comme des règles de vie monacales est surtout fondamentalement une tentative de s'accorder à soi avec de nouvelles normes vitales.

Le Covid aura vraiment été une catastrophe, voilà que j'apprends aussi qu'il m'a déclenché une dysautonomie (un dérèglement du système nerveux provoquant une forte tachycardie et des troubles neurologiques en position debout) et un syndrome d'activation mastocytaire (ces cellules immunitaires sont hyperactives et relâchent trop de médiateurs inflammatoires et allergiques dans le sang). EM, Covid long, dysautonomie, activation mastocytaire, chaise roulante. La norme de santé à atteindre se fait de plus en plus exigeante. Il faut imaginer Sisyphe planifier minutieusement chaque tâche, chaque sortie, en s'assurant que ce ne soit pas trop long pour ne pas trop se fatiguer, mais assez pour que ce soit signifiant et en vaille la peine. Il faut imaginer Sisyphe fermer les yeux trente minutes avant l'activité, afin de la démarrer dans les meilleures conditions, et se reposer trois heures en moyenne en rentrant pour récupérer au maximum. Il faut imaginer Sisyphe prendre un cocktail mitochondrial pour tenir le coup, et faire une séance de yoga en rentrant pour calmer le système nerveux. Il faut enfin imaginer Sisyphe passer sa vie à faire des calculs d'opportunité, des arbitrages entre l'importance de la tâche à faire et le temps pour récupérer :

1. faire une promenade, 500 mètres maximum : 3 heures de récupération ;
2. boire un café en terrasse, pas plus de 45 minutes : 3 heures de récupération ;
3. préparer un repas : 2-3 heures de récupération, activité déléguée ;
4. faire les courses : 3 jours de récupération, activité déléguée ;
5. sortie entre amis : 4 jours de récupération, activité abandonnée ;
6. lire un livre, 25 minutes maximum : 3 heures de récupération ;
7. bref, exister : activité abandonnée.

La nouvelle norme vitale ne pourra plus être atteinte seulement par mon ingéniosité et le soin de soi, mais aussi et surtout en déléguant à mes aidants, en étant dépendant, et en comptant sur des médicaments (bétabloquants, antihistaminiques, acides aminés, et j'en passe).

#18 Acédie

Acédie : état du moine qui se désinvestit de l'ascèse, de cette manière de vivre, nous dit Barthes, on la retrouve dans toute l'histoire de l'érémitisme oriental du IVe siècle. « Dans l'*akédia*, je suis objet et sujet de l'abandon[10]. » Et je dois dire que j'ai souvent moi aussi été saisi par l'acédie, cette fatigue d'être et de continuer à être ainsi, de me conformer au diktat de la pathologie et de ses exigences diététiques, horaires, sociales, existentielles. Son mot d'ordre serait peut-être « je n'en peux plus ». Si la maladie chronique invalidante est ascèse, elle demande un investissement colossal pour être soutenue. Il faut donner de sa personne. Je dis souvent que cette condition nous demande d'être à la verticale de soi-même en toutes circonstances, et parfois on a bien envie de se vautrer à l'horizontale, de se laisser être – sans règle, bref, que le moine revienne au monde.

#19 Oasis

Fatigue : 6/10
Douleur : 6/10
Atteinte cognitive : 8/10
État d'esprit : Amoureux

Au cœur du plus rude des déserts, après avoir cheminé des années durant à travers les dunes, assoiffé, éreinté, voire désespéré, aucun récit ne met en scène le voyageur du sable sans qu'il ne trouve au point du péril le plus haut une oasis salvatrice. Est-ce un mirage ? une ruse du désert ? Non ! Le voilà temporairement sauvé par cet îlot luxuriant de fraîcheur dans lequel il pourra s'abreuver et, qui sait, peut-être manger dans une palmeraie ombragée. J'ai cru moi aussi à un mirage, une ruse, un faux-semblant du désert, mais, en ce début d'année 2022, j'ai moi aussi trouvé une oasis du nom de Léa. En mouvement inverse de tous ceux qui m'ont abandonné, voilà une jeune femme qui, en toute connaissance de cause, en sachant mon infirmité, ma souffrance et ma faiblesse, a décidé d'entrer dans ma vie. Que peut-elle bien trouver d'attirant à un homme cassé et désocialisé ? Comment s'imagine-t-elle qu'une relation puisse s'établir face à tant d'obstacles ? Et moi : comment relever encore un tel défi ? Par quelle magie vais-je pouvoir me surmonter, me transcender, pour vivre quelque chose avec elle ? Et cette angoisse, une angoisse indicible qui se saisit de tout mon corps. Comme si me retrouver potentiellement avec une femme, devoir lui faire l'amour, relevait d'un coup de l'impossible, comme si cela devenait un défi lancé à ma condition, comme si la réaction de mon corps à l'exigence d'une vitalité érotique vers l'extérieur était de se contracter vers l'intérieur par un étrange réflexe de défense. Il semble d'un coup que mon corps, déjà mal à l'aise dans ses propres limites fluctuantes, craigne l'intimité, de se perdre dans la chair d'une autre ; comme s'il fallait être déjà bien assis en soi pour s'abandonner alors à l'autre. Alors, un pas devant l'autre, à chaque jour suffit sa peine, on y va tout doucement. Commençons par goûter aux bienfaits d'un climat plus tempéré dans cette enclave de volupté.

#20 Incandescence

Le teint hâlé, les cheveux bruns comme la nuit, la démarche chaloupée, de fines mains élégantes se balançant en rythme, je me souviens du moindre détail de chacune de nos rencontres. Je me souviens de nos rires, de nos gênes, de nos peurs. Je me souviens de son sourire, de sa douceur et de sa bouche. Je me souviens de tout, tant il me paraissait qu'on m'offrait le cadeau béni des dieux de pouvoir vivre ces moments en apesanteur avec Léa. Je prenais chaque seconde pour la dernière, et chaque sourire pour le prélude à notre perte.

Chacun de mes gestes, chacun de mes mots était plombé par la douleur, chacune de nos rencontres tenue en haleine par le compte à rebours avant mon déclin. On s'y accommodait, bon an mal an, car on ne voulait qu'une chose : être ensemble. On nous donne une heure, eh bien, ce sera une heure. On nous en donne deux, c'est merveilleux. Halluciné par ses formes, enivré par notre complicité, c'est la douceur du continent que je m'apprêtais à explorer qui réduisit mon angoisse à peau de chagrin. Il m'a suffi de la toucher ce jour-là à Nice, sous un soleil de plomb, pour que toute peur s'effondre et que de mes profondeurs surgisse mon désir endormi. À l'époque, je lisais le Sloterdijk dans sa phase romantique, et j'étais resté scotché à sa conception de la vie comme phénomène météorique, « qui surgit de l'incommensurable infini, brûle ardemment, se sent consumer dans un présent éphémère où elle trace son sillon avant de disparaître dans une seconde nuit[11] ». L'homme est un météore pensant dont l'enveloppe ne brûle que par le frottement au réel. C'est par mon incandescence vitale que le monde s'offre à moi. C'était par la brûlure de la souffrance que j'avais jusque-là un semblant de monde, et c'est avec Léa, par le feu crépitant du désir, que je peux maintenant revenir au monde, j'en étais intimement convaincu.

#21 Éros

À l'occasion d'une analyse du banc de poissons, Barthes réfléchit à la notion de distance, très rarement entrevue quand on parle de modalité de coexistence humaine. Et il a cette fulgurance, très forte : « Plus l'idiorythmie est forclose, plus Éros est chassé. » Le banc, c'est l'anti-idiorythmie par excellence, il n'y a pas de sujet, il n'y a que la masse compacte et uniforme qui se reproduit sans faire l'amour. Le sujet idiorythmique, lui, accordé à son rythme, maîtrisant les distances, jouant avec, il fait l'amour, il baigne dans l'Éros. J'avais, par le passé, attribué à ma lecture de Nietzsche ce retour prégnant de la sensualité dans ma vie, mais c'est en fait l'exigence d'idiorythmie qui a totalement érotisé mon corps. Même souffrant, même martyrisé !

#22 Faire l'amour entre soleils

Quelque chose montait irrésistiblement en moi, comme une appétence d'exister, quelque chose que j'avais en tous cas oublié. C'était ma courbe vitale qui, d'un coup, avait pris une pente verticale et s'élançait contre tous les obstacles, bravant l'opacité de mon corps, la résistance des symptômes, la distance du monde. Quelque chose en moi capitalisait, comme une accumulation primitive de la douceur, jour après jour, sourire après sourire. Si bien qu'un jour j'étais enfin prêt à me montrer dans toute ma vulnérabilité. Désarmé, faible, frustré assurément, je me suis simplement donné à elle. Et pendant que nous faisions l'amour par un soir lumineux de juin, alors que je bravais la douleur, la fatigue et les vertiges pour tenter de jouir, alors que la peur du malaise post-effort me retenait de m'abandonner totalement, il me sembla que mon corps était devenu un champ de bataille, le théâtre des opérations d'une guerre d'allure mythologique. Comme une gigantomachie opposant Éros et Thanatos, il fallait que je résiste à l'appel du chaos pour laisser passer le désir. Une étrange géographie de la souffrance et du plaisir se dessinait à même ma peau, et toujours l'aporie, le non-passage ; mais je me suis rebellé. Tant pis pour les conséquences. Ma princesse phénicienne me semblait brûler de mille feux, et l'observateur en moi, porté à incandescence par la douleur et le désir, ne voyait pas dans cette union une scène d'amour, mais un événement cosmique assez rare : nous faisions l'amour entre soleils. Sloterdijk, encore lui, a de magnifiques formules pour décrire ce que j'ai vécu, c'est tellement adéquat qu'on dirait qu'il a écrit son œuvre pour moi[12]. J'avais trouvé « l'œil du cyclone » et, de ce fait, je me « désagrège dans une vitalité absolue ». Faire l'amour dans le désert, « dans ce pays sans mensonge et sans passé », désidentifié, à la lisière de l'oasis, c'est comme « entrer sous le ciel du présent, vagabondant comme des nomades, en extase comme des derviches, muets comme des arbres ». Léa ne le savait pas, mais, comme la prêtresse Diotime, la médiatrice sage-femme qui initie Socrate aux mystères d'Éros – le démon du *passage* –, elle venait de m'accoucher.

#23 Versuch

Fatigue : 6/10
Douleur : 5/10
Atteinte cognitive : 8/10
État d'esprit : Désabusé

Si sept ans de maladie chronique invalidante m'ont appris quelque chose concernant les relations humaines, c'est qu'on ne peut pas aimer quelqu'un dans la souffrance sans souffrir soi-même. Les gens préfèrent donc ne plus aimer plutôt que de souffrir. Et cela donne furieusement envie de finir non pas philosophe, mais *misosophe*, cynique, désabusé. Oui, car Léa m'a quitté. Enfin, nous nous sommes quittés d'un commun accord, conscients que c'était la maladie qui nous séparait plus qu'autre chose. Je lui ai demandé : « Tu es sûre de ne pas pouvoir attendre l'arrivée d'un traitement ? », tant j'étais persuadé qu'elle était la femme de ma vie. Elle souffrait trop de mes incapacités, de mes impossibilités. Elle souffrait trop que nous ne puissions construire quelque chose à la hauteur de l'amour que nous avions l'un pour l'autre. Elle souffrait trop de l'attente de ma guérison. Et pour moi, être en couple dans ces conditions a été le plus grand défi que j'ai dû relever. Alors, nous avons pris acte que la maladie rendait notre relation trop dure à vivre. Qu'elle m'ait quitté ou que la maladie nous ait séparés, le résultat est le même : celui qui reste seul, encore une fois abandonné, c'est moi. Celui qui doit endurer l'impossibilité de vivre, c'est moi. Celui qui attend sur les rives de son royaume solitaire pendant que le reste du monde navigue sur les flots de la vie, c'est moi. Mais bon, comme on me le répète, j'ai vécu cette relation, difficilement, dans la douleur, mais je l'ai vécue, c'est à mon actif, et c'est déjà en soi une victoire contre la maladie…

Le jour de notre rupture, alors qu'elle quittait mon appartement en larmes, cette phrase de Nietzsche m'est spontanément revenue à l'esprit : « Il faut porter en soi un chaos pour pouvoir mettre au monde une étoile dansante. » Du côté du chaos, je crois que le compte était bon. Mais qu'en était-il de la mise au monde de cette étoile qui danse ? J'étais tellement en colère contre cette maladie, contre les gouvernements qui ne financent pas la recherche, contre les médecins et leur cynisme, leur incompétence et leur orgueil, contre les autorités et leur violence institutionnelle, j'étais tellement en colère contre le monde, que je regorgeais d'énergie vitale, je bouillonnais, que dis-je, j'irradiais ! Et pour la première fois depuis que j'étais tombé malade, je sentais que je pouvais mettre cette énergie à contribution. J'étais jusque-là plutôt résigné, j'avais pris pour argent comptant qu'il n'y avait pas de traitement, j'avais accepté le fait de mener une vie de moine. Mais aujourd'hui, je refuse catégoriquement que mon destin soit de pourrir sur mon canapé en attendant un miracle.

Alors au soin de soi passif, contraint, réactif, à cette ascèse de tous les jours pour éviter le pire, à cette autogestion du rythme et de l'intensité des activités que l'on appelle le *pacing*, j'ai ajouté une démarche plus proactive, risquée, vivante. Je me suis formé à la biologie cellulaire et aux rudiments d'immunologie. J'ai commencé à lire tous les papiers de recherche qui sortaient chaque semaine sur le Covid long et l'EM. J'ai repris la marche. Un pas après l'autre. Mètre par mètre. Il m'a fallu des mois pour atteindre cinq cents mètres par jour. J'ai engagé un travail souterrain de lobbying auprès d'élus pour financer la recherche. J'ai écrit des tribunes pour sensibiliser le public. Je me suis engagé dans l'association de malades. Et puis, j'ai commencé à vivre selon ce que Nietzsche appelle la *Versuch*, c'est à dire l'expérimentation, la tentative, l'essai, en testant des médicaments qui avaient la réputation d'aider les patients. Il y a d'ailleurs une longue histoire de l'auto-expérimentation en médecine. Elle a permis des progrès considérables et soufflé le vent de l'innovation chez des esprits conservateurs. Ma prise de risque est peu élevée, je ne teste que ce que mon médecin m'autorise en se basant sur des essais cliniques pilotes, mais j'aime cette idée de prendre les choses en main, de ne pas attendre passivement. Ce n'est pas seulement une tentative de m'accorder à ma vie par de nouvelles normes vitales, cela me donne le sentiment d'avancer sur le front du gouvernement de soi.

#24 Capacité fonctionnelle

J'ai fait un test de capacité fonctionnelle aujourd'hui. Il y a cinquante-cinq items de la vie quotidienne auxquels il faut donner une note entre zéro et six selon la capacité à remplir la tâche et les conséquences de l'effort sur l'état général. Cela va de prendre sa douche à parler avec un ami, en passant par cuisiner ou s'habiller. Parler à quelqu'un plus de trente minutes : oui, mais fort impact sur le reste de la journée. Marcher trente minutes ? Impossible. Lire plus de trente minutes, possible, mais avec un fort retentissement. S'exposer à la lumière sans lunettes de soleil, impossible, etc. J'ai obtenu une moyenne de 3-3,5/6, ce qui me place dans la catégorie des malades modérés qui tendent à être légers avec une perte d'une cinquantaine de pour cent de mes capacités fonctionnelles. Voilà donc le retentissement chiffré de la maladie sur ma vie. Je suis à peine la moitié de moi-même.

#25 Puissance et possible

Je pense à Agamben ce soir, quand il dit que toute puissance est autant *puissance-de* que *puissance-de-ne-pas*. Que la vraie puissance est le passage intégral de la *puissance-de-ne-pas* dans l'acte, c'est donc une puissance qui *peut ne pas* passer à l'acte[13]. Car plus la maladie étend son emprise sur moi, plus elle me suspend le monde et m'ôte mes possibilités, plus je gis là inactif, désœuvré et frustré de ne pouvoir vivre ma vie, plus je sens en moi ma puissance non actualisée. Je suis tellement contraint-de-ne-pas que je vais déborder de puissance. Je suis une réserve de puissance. Je suis presque ivre de cette puissance. C'est paradoxal étant donné mon état de faiblesse physique inouï, mais je me sens surpuissant.

#26 La résilience

Me reviennent les mots de Jérôme Porée : « Notre société aime les malades guéris, les vieux jeunes et les mourants heureux d'en finir. » Ce que le philosophe pointe ici, c'est une véritable métaphysique positive de la vie qui voit en horreur toute trace de négativité dans la société, notamment la maladie, la vieillesse et l'agonie. Il faut être résilient. Il faut que le mal ne soit qu'un moment du bien et le négatif de la mort un moment du positif de la vie. Dans

Contre la résilience, Thierry Ribault affirme que le concept de résilience est tyrannique en ce qu'il installe la victime dans le rôle de cogestionnaire du malheur et formule l'adaptation à la catastrophe en termes d'impératif catégorique[14]. Eh bien non, je ne suis responsable de rien, et non, parfois, on ne peut pas s'adapter ! La destruction est trop forte, nous sommes ravagés, et nous n'avons pas les ressources pour faire face.

#27 La (re)naissance de soi à partir de l'esprit du soin

« Non, il ne viendra pas ici d'autre Ulysse.
C'est bien moi qui, après avoir tant souffert,
tant erré, viens d'arriver, après vingt ans,
aux pays de mes pères. »

Homère, *Odyssée*

« Être intégralement au péril du rien,
d'où croît ce qui sauve. »

Henri Maldiney,
Penser l'homme et la folie

« Mais les poètes édifient ce qui reste. »

Friedrich Hölderlin, « Souvenir »

Arrivé à ce point dans l'expérience de la souffrance depuis tant d'années, l'auteur anonyme en moi s'est saisi de ma main pour taper nerveusement sur le clavier de l'ordinateur que j'étais enfin à un tournant (*die Kehre*). Je tiens donc à préciser qu'à partir de ce point précis de mon propos, c'est lui qui tient la plume, je le laisse être (*Gelassenheit*) et tel un ventriloque ou un possédé, déchargé (*Entlastung*) d'agentivité, je ne suis dorénavant plus que le medium de cette force pneumatique nouvelle que d'aucuns appellent inspiration ou enthousiasme, et que j'appelle espoir ou aptitude à la renaissance.

Ne peut-on pas concevoir que l'endurance de l'aporie de la maladie porte en germe la possibilité d'un passage ? Passage qui ne pourra avoir lieu sans l'aide d'un accompagnant, médiateur pour soutenir la thérapie ? Et cette thérapie vue comme rétablissement de la présence au monde ? Si la poésie en tant que langage pur est ce *rien* qu'on est, ce qui reste après la destruction, cette possibilité ultime de créer un monde et de survivre après la fin, ne peut-on pas imaginer, comme le propose Slavoj Žižek, qu'après la catastrophe un « mais » créateur surgisse de la main du malade-poète pour générer un nouveau monde qui ajoute une strophe à sa vie[15] ?

J'ai touché le sol, le fond du fond qui est à la base de toute surrection, *mais* il ne reste plus qu'à remonter. Je suis arrivé au bout du neuvième cercle des enfers, comme Orphée ou Dante, *mais* la seule option est de retourner voir la lumière du jour. J'ai muri dans les incubateurs du futur, les couveuses de régénération, ces nourrices du devenir (Khôra) que sont la famille, l'amitié, le soin médical humaniste, *mais* elles vont bien finir par produire le deuxième accouchement. Car, oui, toutes les grossesses ont une fin. Une seconde venue-au-monde (*Welt kommen*) est possible. Elle est toujours possible, car naître ne suffit pas à l'être humain. L'être humain est celui qui naît deux fois, d'abord biologiquement s'inscrivant dans le continuum d'éclosion et de destruction de l'étant, puis *existentialement* dans le continuum du *Dasein* et du *Fortsein*[16]. L'homme naît donc *du* monde *au* monde, rappelait Merleau-Ponty[17]. La place de l'homme dans le monde est donc paradoxale puisqu'il s'inscrit par la naissance biologique dans le continuum de l'étant, tout en s'en séparant par la naissance métaphysique[18]. Et avec cette venue dans l'être, avec ce mouvement natal, vient donc aussi la possibilité de toujours revenir. C'est un acquis décisif de l'anthropo-phénoménologie de Peter Sloterdijk et de Jan Patočka que de comprendre l'être comme mouvement, comme mouvement de naissance continuée[19], vécue au présent – si bien que l'on pourrait appeler renaissance la faculté de l'homme de toujours revenir-au-monde après l'avoir perdu.

Face au péril du rien, le destin offre donc une autre voie que celle de la destruction, et qui ne soit pas pour autant une mystique de la vie. L'être-malade lui-même dans sa dynamique natale peut prendre le tournant (*die Kehre*) consistant à dépasser l'aporie qui étouffe la vie réduite. Si la vie réduite est exposée, à découvert, si elle est expérience du négatif, expérience *à partir du* négatif, précise d'ailleurs Patočka[20], sans sécurité ni matérielle ni métaphysique, alors elle diffère radicalement de la vie naïve de l'être-en-bonne-santé dont le propre est de dissimuler la négativité et de refuser l'ébranlement. Cet ébranlement par l'exposition violente au négatif qu'est la maladie est alors, dans la prose même de Patočka, l'*occasion* d'une *vie nouvelle*[21], une liberté en acte qui s'accouche d'elle-même et qui consiste à assumer sa terrible finitude et cette affreuse contingence, sans chercher à s'en sauver par le secours d'un dieu ou par la métaphysique. Cet auto-engendrement de celui qui est laissé sans filet dans l'inquiétant, Sloterdijk, en Diotime postmoderne, l'appelle *autopoïèse*[22], la vie dans le champ de force au présent qui s'auto-installe telle une œuvre d'art à même l'ouvert, s'auto-assure contre les risques de l'existence, *se met elle-même au monde.* Elle inaugure un temps *kaïrologique* (*kaïros* signifie « occasion »), où l'homme accomplit sa vie dans l'instant[23], se décide à agir sur sa propre vie, sans se faire asservir par le temps, synonyme d'irrémédiable destruction. On n'attend plus le Grand Soir (la guérison), on n'attend plus la rédemption (un traitement éventuel) pour se libérer, on est libre, d'une liberté terriblement finie, mais on est libre maintenant.

Pour advenir, cette capacité autopoïétique détendue nécessite du *soin*. Si l'homme est un être de l'arrivée, alors son existence ne sera viable que si le monde l'*accueille*, et l'accueil a lieu dans un milieu humain, trop humain. L'accueil primordial pour un humain est bien sûr la cellule primitive qui accueille le nouveau-né nativement dépendant, car biologiquement impuissant, infirme congénitalement, et lui permet d'entamer le premier mouvement d'ancrage dans le monde. Comme l'écrit Patočka, « l'homme est, par tout son être, *tributaire de l'autre homme* dans sa fonction de protecteur, créateur de sécurité et de chaleur vitale, donateur d'unité, d'adhérence et d'attachement[24] ». La relation mère-enfant a pour but initial de compenser la séparation d'avec le corps de la mère, la première individuation, en prolongeant la vie utérine par d'autres moyens, et constitue donc une bulle dyadique interfaciale et de tendres soins[25]. Effectivement, entre les visages se crée un espace de tension, de relation forte, « une sphère sensible de proximité bipolaire[26] », où chacun des protagonistes par son regard tire l'humain du visage de l'autre et produit un espace intérieur de traction réciproque sensible et affective liée directement à l'anthropogénèse. L'ouverture du visage est le phénomène somatique de l'ouverture du monde. C'est dans ce processus génétique que l'animal humain s'insère dans un monde, donc s'ouvre à ses congénères, et c'est dans l'espace interfacial et inter-soignant que, par contemplation et soin réciproque, naît la serre luxuriante des collectifs humains solidaires extraits de l'animalité pure. Du point de vue anthropologique, le *socius* primaire naît de la chaleur de la sphère des vis-à-vis et des soins mutuels prodigués, de sorte qu'on pourrait bien parler « d'effet de serre interfacial[27] » et d'un halo thermique de soins. Pour Sloterdijk, cette chaleur est érotico-esthétique, elle est le prélude et la source de tous les soins futurs. Elle oppose donc le confort douillet du *nid* au froid du dehors. Et c'est ce qu'on oublie le plus souvent dans l'image du phénix renaissant de ses propres cendres, son autocombustion sans reste, dans le feu de sa propre vie, se passe dans un nid qui joue le rôle de berceau et de tombeau, qui envoie le faire-part et écrit l'épitaphe, qui annonce la catastrophe et proclame le Royaume, qui accompagne l'expérience (ana)chorétique de l'aporie en faisant du *rien* de la cendre la matrice du possible. Habiter le monde signifie donc pour l'homme habiter des espaces solidaires et protecteurs. C'est pourquoi la vie nouvelle, la seconde naissance, le *revirement* pour le souffrant, ne peut prendre place que moyennant un séjour prolongé dans des couveuses de régénération intime pour cet animal blessé, dans des serres pour plantes abîmées, dans des incubateurs du futur, dans des nourrices du devenir jouant le rôle de prothèse des sphères perdues, prodiguant soins et fournissant de la chaleur, l'éros, à cet être qui essaye d'arriver à nouveau, à cet être *naissanciel*, c'est-à-dire essentiellement natal, qui étant mort à soi tente de naître à soi amplifié. Toute éthique du soin prend racine dans le halo affectif de la cellule sociale primitive, dans l'accueil de l'arrivant qui espère bel et bien prolonger son séjour. Soignants, votre rôle en sa dimension naissancielle, c'est d'être des sages-femmes qui accompagnent notre essai de mise-au-monde.

#28 La communauté négative

J'ai essayé, vraiment, j'ai tenté de toutes mes forces de m'investir dans des associations de malades. Donner des conseils pour les campagnes de sensibilisation, participer à la stratégie de lobbying, voire contacter directement des élus. J'ai essayé, mais, comme tous les malades, je n'ai tenu qu'un temps. Trop prenant, trop gourmand, trop fatigant, face à un état si fluctuant ; je m'épuisais dans des tâches trop éreintantes pour un rendement trop faible. Et j'étais invariablement mis devant le paradoxe de cette condition qui veut que sa caractéristique même empêche ceux qui en souffrent de se défendre, de lutter et de tenter d'exister. Pendant ces quelques temps d'engagement au sein de l'ASFC (Association française du syndrome de fatigue chronique) notamment, j'ai rencontré quelques camarades d'infortune. C'était plaisant de s'entourer d'êtres humains qui partagent le même fardeau, qui comprennent à demi-mot ce que j'ai à dire. Un immense soulagement. Quelques heures par semaine, comme si je respirais à nouveau, enfin. Mais c'était bien sûr éphémère, car l'épuisement et les douleurs reviennent vite sur le devant de la scène ; et d'une proximité charnelle avec les autres, d'une communauté d'intérêts, d'un collectif d'expérience commune, me voilà projeté à nouveau loin, très loin dans l'enfer de la solitude, dans cette zone grise entre la vie et la disparition. C'est à cette période que j'ai été comme attiré magnétiquement par la pensée de Bataille, Blanchot et Agamben. Ces auteurs ont tous travaillé la question de ce qu'on pourrait appeler la communauté négative, une communauté définie par l'impossibilité paradoxale de sa constitution. Chez ces penseurs, c'est l'union des amants et la figure de la mort qui représentent le mieux ce paradoxe. La mort en particulier représente l'impossibilité partagée par excellence. La communauté, c'est la communauté de ceux qui sont exposés à leur finitude et à leur impuissance à faire communauté. Comment ne pas y voir un écho avec l'impossible communauté effective des malades que j'ai expérimentée ? Les malades, du fait de leur condition, ne peuvent s'organiser et défendre leurs intérêts, ils ne peuvent exister socialement. Cette condition les exclut, mais c'est paradoxalement cette même exclusion, cette même impossibilité, qui est le cœur de leur expérience commune. Une communauté de malades pourrait alors se définir non pas de manière substantielle, ni de manière positive autour d'intérêts ou de projets partagés, mais négativement, par l'impossibilité même à se constituer.

À de nombreuses reprises, des branches locales de l'association Millions Missing ont organisé des manifestations silencieuses très particulières dans de nombreuses villes du monde. Des rangées de chaussures vides, bien alignées, qui incarnent une *présence de l'absence*, assorties de petits panneaux racontant en quelques mots la vie du malade cloîtré en ermitage. « Johann, 33 ans, malade depuis 2016, je n'ai pas dansé depuis deux ans, ma vie me manque », voilà ce que j'ai écrit pour participer à une manifestation locale. Chaque paire représente un corps qui n'a pas pu être là physiquement, chaque paire représente une vie volée, chaque présence positive fait signe vers du négatif. Ce genre de mise en scène est une forme de manifestation par contraste de la communauté négative et les associations l'ont bien compris : la seule façon pour la communauté de malades d'exister, c'est de faire apparaître son absence même. Mais cela nécessite l'intercession d'un tiers non souffrant, d'un autre que soi qu'il nous faudra appeler l'*allié*. Nous ne pourrons nous en sortir que si les non-malades prennent notre relève dans l'espace public et travaillent pour nous à notre reconnaissance. Ces réflexions ne sont pas seulement un enfilage de perles philosophiques. Elles touchent au cœur de l'expérience malade et au défi de la lutte pour la reconnaissance. De tout mon cœur, j'aimerais que ces fragments ici réunis permettent à de nombreux lecteurs de rejoindre les rangs de nos alliés. Aidez-nous !

#29 Suicide assisté

Je viens d'apprendre qu'un patient que j'avais rencontré durant ma phase d'engagement associatif a opté pour le suicide assisté. Il me l'avait dit, il m'avait dit que si sous cinq ans il n'y avait pas d'évolution notable dans la recherche, il quitterait ce monde. La souffrance était trop puissante, la fatigue si profonde, sa vie en lambeaux. Il ne pouvait pas tenir. Il ne voulait pas tenir. Il n'avait pas la force de tenir sans horizon. Nous ne nous étions jamais revus, j'avais, je pense, fui, fui l'abîme de négatif qu'il incarnait à mes yeux quand je cherchais, moi, à tout prix des sources de vitalité pour tenir. Je suis tellement en colère. Est-ce là notre destin : pourrir sur nos canapés dans l'attente que des technocrates allouent des crédits de recherche ? ou bien en finir aujourd'hui ?

#30 Espoir

Mon histoire est celle d'une descente aux enfers. Elle reprend tous les codes de la mythologie d'Orphée à Dante : la catabase, le séjour parmi les damnés, et l'anabase. Mon histoire, c'est l'histoire d'une mise à nu, d'une déconstruction. On ne sait plus vraiment qui l'on était, qui l'on est devenu, et si l'on pourra continuer à l'être. On se demande qui était ce moi dont on se gargarisait et, par suite, ce qui reste quand ce moi vole en éclats. Mon histoire est l'histoire de tant de patients atteints de maladies que la médecine ne guérit pas encore, qui luttent de toutes leurs forces pour être pris en compte, écoutés, soignés. Jill Stauffer appelle cet état d'invisibilité sociale *solitude éthique* : c'est « l'expérience d'être abandonné par l'humanité, aggravée par la cruauté des torts non reconnus[28] ». Les médecins, comme pris de tétanie épistémique, ne savent que faire de ces maladies pour lesquelles il n'y a pas encore de traitement. Les autorités sont embarrassées et les patients souffrent massivement d'inégalité dans l'accès aux soins et aux pensions d'invalidité, sans parler de la recherche qui mendie des financements. Mon histoire est donc aussi une histoire collective, l'histoire d'une lutte pour la reconnaissance pleine et entière. Mon histoire est aussi celle d'une rencontre avec la philosophie, peut-être même d'une conversion. Conversion du regard, conversion éthique, une autre façon d'être au monde dont la philosophie n'est que l'expression théorique. Il est incroyable de voir à quel point ma philosophie suit de près ma courbe vitale, à quel point ce qui m'attire en philosophie est l'expression de mon évolution dans la maladie. Enfermé dans le désespoir et tenu hors du monde dans la souffrance, je me complaisais allègrement dans l'acosmisme de Michel Henry.

Puis, allant mieux, j'ai réussi à m'aventurer dans l'inquiétude du désert derridien, avant d'apprendre à tenir debout avec le vitalisme de Sloterdijk. Je me sens comme un héritier de Persée, mais mon bouclier face à la Gorgone s'appelle philosophie. De la philosophie d'ailleurs, je n'attends absolument pas qu'elle m'apprenne à mourir, comme le veut le lieu commun depuis Épicure. Non, moi, je veux qu'elle réveille mon existence, qu'elle catalyse mon projet vital, qu'elle épouse mes pulsions. Je veux la métaboliser, qu'elle soit vivante et incarnée.

Je veux attirer à moi tout ce qui potentialise la vie, tout ce qui l'amplifie et la fait rayonner. Il ne peut en être autrement dans mon état. Dans la vieille question nietzschéenne de la vie et de la vérité, je choisis la vie. J'ai donc besoin, un besoin impérieux, de la biosophie de Sloterdijk qui a le mérite d'être une réflexion post-métaphysique sur la vie, sans tomber dans le réalisme cru de l'ontologie de la destruction qui est si commune de nos jours. La vérité ne m'importe plus, je veux simplement vivre, et s'il faut pour cela succomber à des illusions, qu'à cela ne tienne. Alors, je m'accroche à tout ce qui peut me donner de l'espoir.

Il n'y a pas encore ce jour de théorie unifiée pour expliquer le Covid long et l'EM, mais ces maladies, aussi complexes soient-elles, ne sont pas un mystère insondable pour la science. « Complexes » est d'ailleurs le mot de passe pour dire sous-financées. Ces maladies ne sont pas complexes en soi, elles le sont parce que la recherche est ralentie par le manque de moyens. Dans tous les cas, pendant l'apocalypse de mon existence, alors que je traversais mon désert, beaucoup de chercheurs se sont activés en coulisses et dans chaque discipline, des progrès énormes ont été réalisés. Ces maladies ont beau être socialement invisibles et matériellement difficilement appréhendables, elles sont de moins en moins élusives du point de vue médical ; leur existence clinique se fait plus précise, la connaissance scientifique plus robuste. Il n'est pas question d'entrer en détail sur ces travaux, d'autant que cela dépasse de très loin mon niveau de compréhension, mais disons qu'il existe à ce jour un faisceau de données biologiques expliquant pourquoi ces maladies limitent autant l'énergie produite par le corps. Le journaliste Ed Yong en a fait un résumé remarquable pour le grand public[29] :

1) Désordres nerveux : le système nerveux autonome notamment en charge du contrôle du rythme cardiaque et du sommeil est de toute évidence perturbé chez les patients qui développent par exemple de la dysautonomie. Cette condition se caractérise par une libération d'adrénaline à des moments inappropriés générant un trouble du rythme cardiaque, de la fatigue et de l'excitation. Le système de vasodilatation s'en trouve perturbé, pouvant conduire à de l'hypoxie et du brouillard cérébral.

2) Désordres immuno-métaboliques : le corps de la plupart des patients atteints de Covid long et d'EM a des difficultés manifestes à produire de l'énergie et connaît un état d'inflammation chronique accompagné souvent par une réactivation virale. Les mitochondries, organelles produisant l'énergie du corps humain, sont défectueuses et produisent des substances qui catalysent en retour les dégâts cellulaires et du stress oxydatif. Les voies métaboliques s'en retrouvent modifiées vers des modes de production alternatifs, mais dommageables et produisant de l'acide lactique.

3) Deux théories majeures ont vu le jour pour expliquer ces désordres multisystémiques. L'hypothèse du shunt d'itaconate de Dr Rob Phair[30]. Pendant une infection, la production d'énergie cellulaire est inhibée pour empêcher le pathogène de se nourrir de l'énergie cellulaire ; et dans cette hypothèse, ce shunt supposé temporaire devient permanent. La seconde théorie est celle de la persistance de la réponse cellulaire au danger du Dr Robert Naviaux[31]. La réponse cellulaire au danger est une réaction métabolique pour protéger la cellule du danger ou d'un stress trop important. Son activation serait maintenue, plongeant la cellule dans un état similaire à l'hibernation.

#31 La lutte pour la reconnaissance

Ces avancées sont porteuses d'espoir. Elles aident à tenir. Nous sommes par exemple nombreux à suivre de très près les travaux des équipes du Dr Ronald Davis, de Stanford, biochimiste de renom dont le fils est sévèrement atteint d'EM. Son centre de recherche est à la pointe, fait très souvent des percées majeures, et se tenir au courant de leurs travaux donne un peu d'endurance dans ce marathon de fond existentiel dans lequel nous avons été enrôlés de force. Mais c'est aussi source de colère et de révolte. Car la recherche reste malgré tout sous-financée depuis des décennies. Et on n'ose imaginer où on en serait aujourd'hui si le Dr Davis avait été financé il y a quinze ans à la hauteur de son potentiel. On n'ose imaginer où on en serait aujourd'hui si nous avions été écoutés au début de la pandémie de Covid-19, quand nous alertions sur le risque majeur que le coronavirus déclenche une épidémie d'invalidité de masse avec le Covid long et l'EM post-Covid. Aujourd'hui encore, les patients les plus sévèrement atteints sont sérieusement mis en danger par des médecins niant tout de leur situation et de leurs besoins. Aujourd'hui encore, les patients les plus sévèrement atteints, totalement alités, se nourrissant par tube, choisissent l'euthanasie pour en finir, car on ne leur offre aucun soin adapté. Nous sommes vraiment engagés dans une lutte pour la reconnaissance, et elle peut devenir une lutte à mort. Le philosophe Axel Honneth a fait de cette dernière le cœur de ses travaux. Suivant les analyses du jeune Hegel plaçant la reconnaissance au cœur des besoins humains, Honneth identifie trois sphères dans laquelle le besoin de reconnaissance apparaît pour donner de la dignité et de l'estime de soi à l'individu ou aux groupes sociaux : l'amour, le droit et la solidarité.

La sphère de l'amour : c'est la sphère de la reconnaissance par les proches qui confère sécurité et sentiment d'appartenance. Ce dont de nombreux patients atteints d'EM et Covid long sont dépourvus tant ils sont rejetés par la famille qui ne croit pas à leur pathologie.

La sphère du droit et celle de la solidarité : l'une est celle de l'élévation éthique de l'individu à la qualité de citoyen porteur de droits. En tant que souffrants d'EM et de Covid long, cette sphère de reconnaissance nous est diversement accessible, l'accès au soin est inégal, les droits à pensions d'invalidité fluctuants, les médecins majoritairement dans le déni de reconnaissance médicale. Cela dépend de la MDPH, du médecin-conseil de la Sécu, de l'humeur d'un fonctionnaire, de la priorité conjoncturelle des politiques. Et en ce sens, la sphère du droit est en interaction avec celle de la solidarité.

Estelle Ferrarese[32] distingue plusieurs moments dans la lutte pour la reconnaissance. Cela commence par le mépris, le déni, l'invisibilité sociale. Puis vient le moment où la dialectique s'enclenche, et où le groupe méprisé cherche à obtenir la validation de son identité et de sa valeur par autrui. La lutte pour la reconnaissance, qui dans notre cas est mené par les associations de patients (en France Millions Missing, l'ASFC, Aprèsj20, Winslow santé publique, Covid long enfants), débute par la résistance institutionnelle à l'auto-affirmation du groupe revendiquant sa place et sa valeur dans la société. Cet autre qui résiste, les autorités sanitaires, le corps médical, est constitutif de la lutte pour la reconnaissance. Il est vrai que je n'ai jamais autant senti dans ma chair l'effectivité du biopouvoir que depuis que j'ai compris que mon destin, ma vie, mon corps étaient entre les mains d'une poignée de technocrates réticents à accorder les subventions pour trouver un traitement au Covid long et à l'EM. Cet adversaire est doté de capacité éthique, en quoi il est légitime pour répondre aux revendications du groupe méprisé en tant qu'instance de reconnaissance. Enfin, le but de la lutte pour la reconnaissance n'est pas seulement d'accéder à un traitement égalitaire (accès au soin, droits d'invalidité, recherche de qualité) au terme d'une reconnaissance mutuelle quoique asymétrique, il s'agit de transformer l'ordre social ayant abouti à l'inégalité de traitement initial. Nous y sommes, nous sommes en plein dans ce moment dialectique, l'adversaire résiste, la souffrance est immense, mais le dénouement n'a jamais semblé aussi proche.

Il ne peut en être autrement.

Notes

PARTIE I. UNE APOCALYPSE (2015-2018)

1. Ernesto De Martino, *La Fin du monde. Essai sur les apocalypses culturelles*, Éditions de l'EHESS, 2016.

2. Jacques Derrida, *Chaque fois unique, la fin du monde*, Galilée, 2003.

3. Tristan Corbière, « Épitaphe », *Les Amours jaunes*, 1873.

4. Scène centrale dans le texte « L'immanence : une vie... » de Gilles Deleuze, qui est justement un texte sur la réduction jusqu'au plan d'immanence pré-individuelle.

5. Voir à ce sujet Giorgio Agamben, *Enfance et Histoire*, Payot, 2000, dans lequel l'auteur travaille en profondeur la question de la destruction de l'expérience et les expériences aporétiques.

PARTIE II. LE DÉSERT (2018-2021)

1. François-David SEBBAH, *L'Éthique du survivant. Levinas, une philosophie de la débâcle*, Presses universitaires de Paris Nanterre, 2018.
2. Georges MINOIS, *Histoire de la solitude et des solitaires*, Fayard, 2013.
3. Peter SLOTERDIJK, *Tu dois changer ta vie*, Fayard, 2015, p. 311.
4. *Ibid.*, p. 315.
5. *Ibid.*, p. 325.
6. *Ibid.*, p. 332.
7. Peter SLOTERDIJK, *Weltfremdheit*, Suhrkamp, 1993.
8. Edmund HUSSERL, *Ideen zu einer reinen Phänomenologie und phänomenologischen Philosophie*, 1913, § 46.
9. « Myalgic encephalomyelitis » : https://me-pedia.org/wiki/Myalgic_encephalomyelitis.
10. Michael Falk HVIDBERG, Louise Schouborg BRINTH, Anne V. OLESEN, *et al.*, "The Health-Related Quality of Life for Patients with Myalgic Encephalomyelitis / Chronic Fatigue Syndrome (ME/CFS)", *PLoS ONE*, July 2015.
11. Luis NACUL, François Jérôme AUTHIER, Carmen SCHEIBENBOGEN, *et al.*, "European Network on Myalgic Encephalomyelitis/Chronic Fatigue Syndrome (EUROMENE): Expert Consensus on the Diagnosis, Service Provision, and Care of People with ME/CFS in Europe", *Medicina*, vol. 57, n° 5, mai 2021.

12. Voir le travail de Henri-Jacques Stiker, qui fait résonner la théorie de la liminalité avec la psychanalyse : Henri-Jacques STIKER, « Pour une nouvelle théorie du handicap. La liminalité comme double », *Champ psychosomatique*, 2007/1 n° 45, pp. 7-23 ; https://doi.org/10.3917/cpsy.045.0007

13. Sylvain TESSON, *Dans les forêts de Sibérie*, Gallimard, 2011.

14. Rémy OUDGHIRI, *Petit éloge de la fuite hors du monde*, Arléa, 2021.

15. C'est aussi finalement la question de la phénoménologie qui traite des résidus de la réduction, et de la psychanalyse qui traite des restes de l'activité consciente (lapsus, rêves, symptômes, etc.).

16. Patrick AUTRÉAUX, *Se survivre*, Verdier, 2013.

17. Voir la très bonne recension par Judith Sigouin de l'ouvrage de Dalhia NAMIAN, *Entre itinérance et fin de vie. Sociologie de la vie moindre*, Presses de l'université du Québec, 2012, dans la revue *Frontières*, vol. 26, n° 1-2, 2014-2015.

18. Voir le concept de « vie moindre » chez Dalhia NAMIAN, « L'errance à l'heure de la "cinétique politique" : du nomadisme à l'immobilisme des corps », *Pensée plurielle*, n° 35(1), pp. 33-42, 2014.

19. Jean VIOULAC, « La réduction pathologique : le statut philosophique de l'expérience de la maladie dans la pensée de Nietzsche », *Laval théologique et philosophique*, 2011, 67(2), 281–307 ; https://doi.org/10.7202/1007009ar

20. Dalhia NAMIAN, « L'errance à l'heure de la "cinétique politique" : du nomadisme à l'immobilisme des corps », *Pensée plurielle*, *op. cit.*

21. Peter SLOTERDIJK, *La Mobilisation infinie. Vers une critique de la cinétique politique*, Christian Bourgois, 2000.
22. Jean STAROBINSKI, « Le philosophe couché », *Argument*, vol. 4, n° 2, printemps-été 2002.
23. Jorge SEMPRÚN, *L'Écriture ou la Vie*, Gallimard, 1994, p. 27, p. 121.
24. Rainer Maria RILKE, « Lettre à Witold von Hulewicz », in *Œuvres III*, Paris, Seuil, 1976, p. 588.
25. Judith BUTLER et Frédéric WORMS, *Le Vivable et l'Invivable*, Presses universitaires de France, 2021.
26. Paul CELAN, *Le Méridien (Discours de Brême)*, 1958.
27. La maladie opère la double *époché* de l'origine et de la destination, faisant du mouvement existentiel dirigé une errance malade.
28. Peter SLOTERDIJK, *Critique de la raison cynique*, Christian Bourgois, 1987, p. 107.
29. *Ibid.*, p. 108.
30. Jean-Pierre VERNANT, *Ulysse suivi de Persée. Petite conférence sur la Grèce*, Bayard, 2004.
31. Maurice MERLEAU-PONTY, *Phénoménologie de la perception*, Gallimard, 1945, p. 171.
32. Havi Carel souligne bien la centralité de l'habitude pour l'animal humain et décrit le changement d'habitudes qu'elle a dû opérer à cause de sa maladie pulmonaire, mais elle n'a pas vu quel type de subjectivité cela créait : un ascète. Cf. Havi CAREL, *La Maladie. Le cri de la chair*, Vrin, 2022.
33. Peter SLOTERDIJK, *Les Lignes et les Jours. Notes 2008-2011*, Buchet-Chastel, 2014.
34. Jérôme PORÉE, Conférence « Souffrance et temps », Centre de réflexion universitaire du

lycée Chateaubriand, 2016 (lycee-chateaubriand.fr/wp-content/uploads/2016/05/poree.pdf).

35. Giorgio AGAMBEN, *Le Temps qui reste. Un commentaire de l'épître aux Romains*, Rivages Poche, 2000, pp. 110-111.

PARTIE III. ESSAI DE MISE AU MONDE (2021-2024)

1. Roland BARTHES, *Comment vivre ensemble. Cours et séminaires au Collège de France (1976-1977)*, Seuil, 2002, p. 58.

2. *Ibid.*, p. 62.

3. Peter SLOTERDIJK, *Critique de la raison cynique*, *op. cit.*, p. 8, p. 111, p. 116.

4. *Ibid.*, p. 7.

5. *Ibid.*, p. 342.

6. *Ibid.*, p. 167.

7. Voir à ce sujet l'excellent blog *Epistemology of the clinic* tenue par une patiente atteinte d'une forme sévère de l'EM post-Covid : epistemologyoftheclinic.blogspot.com/2024/02/capital-and-controversialisation-of.html.

8. Jean VIOULAC, *Métaphysique de l'Anthropocène*, Presses universitaires de France, 2023.

9. Jérôme PORÉE, « Aux sources du soin, pour une phénoménologie de la maladie », Séminaire soin et compassion, 16 novembre 2017, Hôtel-Dieu, Paris (en ligne : www.youtube.com/watch?v=qnWvqwJYyUA).

10. Roland BARTHES, *op. cit.*, p. 54.

11. Peter SLOTERDIJK, *L'Arbre magique. La naissance de la psychanalyse en l'an 1785*, Flammarion, 1988, p. 253.

12. *Ibid.*, p. 259.

13. Giorgio AGAMBEN, *Homo sacer. L'intégrale, 1997-2015*, Le Seuil, 2016, pp. 47-48.

14. Thierry RIBAULT, *Contre la résilience. À Fukushima et ailleurs*, L'Échappée, 2021.

15. Slavoj ŽIŽEK, "From Catastrophe to Apocalypse... and back. Inaugural Lecture at the Käte Hamburger Centre for Apocalyptic and Postapocalyptic Studies", *Apocalyptica*, vol. 1, n° 1, 2022.

16. Frédéric JACQUET, *Patočka. Une phénoménologie de la naissance*, CNRS Éditions, 2016, p. 118, p. 142.

17. Maurice MERLEAU-PONTY, *Phénoménologie de la perception*, p. 517, in Frédéric JACQUET, *op. cit.*

18. Voir Frédéric JACQUET, *op. cit.*

19. *Ibid.*, p. 61.

20. *Ibid.*, pp. 37-38.

21. *Ibid.*, p. 43.

22. Peter SLOTERDIJK, *La Mobilisation infinie*, *op. cit.*

23. Voir à ce sujet Giorgio AGAMBEN, *Enfance et Histoire*, *op. cit.*

24. Jan PATOČKA, *Le Monde naturel et le Mouvement de l'existence humaine*, Vrin, 2023, p. 107.

25. Peter SLOTERDIJK, *Bulles. Sphères I*, Fayard, 2002.

26. *Ibid.*, p. 205.

27. *Ibid.*, p. 185.

28. Jill STAUFFER, *Ethical Loneliness. The Injustice of Not Being Heard*, Columbia University Press, 2018.

29. Ed YONG, "Fatigue Can Shatter a Person", *The Atlantic*, 27 juillet 2023.

30. « Mise à jour vidéo de Rob Phair, PhD : L'hypothèse d'un shunt de l'itaconate pour l'EM/SFC » (en ligne : omfcanada.ngo/mise-a-jour-video-de-rob-phair-phd-lhypothese-dun-shunt-de-litaconate-pour-lem-sf-c/?lang=fr).

31. Robert K. NAVIAUX, "Metabolic features of cell danger response", *Mitochondrion*, vol. 16, mai 2014, pp. 7-17.

32. Estelle FERRARESE, « Qu'est-ce qu'une lutte pour la reconnaissance ? Réflexions sur l'antagonisme dans les théories contemporaines de la reconnaissance », *Politique et Sociétés*, 28(3), 2009, pp. 101-117.

Remerciements

Ce livre n'aurait pas vu le jour sans la confiance que mon éditeur, Laurent Nunez, m'a accordée me permettant de sortir enfin de l'invisibilité. S'il existe aujourd'hui, c'est aussi grâce au soutien apporté par Ahlam Menouni et Louise El Yafi durant toutes ces années. Il doit beaucoup également à mes longues discussions philosophiques enflammées avec Valérie Kokoszka et Clémentine Fauré-Bellaïche et au regard bienveillant de Noémie Issan-Benchimol et Raphaël Parienté. Un immense merci.

Table

Partie II. Le désert (2018-2021)

Partie III. Essai de mise au monde (2021-2024)

Composition et mise en pages
Nord Compo à Villeneuve-d'Ascq

CET OUVRAGE
A ÉTÉ ACHEVÉ D'IMPRIMER
SUR ROTO-PAGE
PAR L'IMPRIMERIE FLOCH À MAYENNE
EN OCTOBRE 2025

N° d'impression : 107907
Imprimé en France